Fragments de futurs

DU MÊME AUTEUR

L'Amour impossible ; roman ; Diwan ; 1990.
Barzakh ; roman ; Diwan ; 1993.
La Mecque païenne ; roman ; Diwan ; 2016
Patrimoine oral mauritanien ; recueil ; Diwan ; 1995 :
- T.1. Contes d'animaux ;
- T.2. Contes merveilleux ;
- T.3. Maximes et proverbes.

Moussa Ould Ebnou

Fragments de futurs

Nouvelles

Sahara-SF

Diwan Editions
Nouakchott

Fragments de futurs

De Ould Ebnou Moussa

Auteur : Ould Ebnou Moussa

9 791097 142971

Table des matières

Lune de miel sur la Lune

Ce soir-là, Jek m'avait invitée au restaurant *Clair de Lune* pour un dîner aux chandelles. Nous venions de passer la commande des desserts, quand il m'annonça :

— Gaïa ma chérie, j'ai pris aujourd'hui mes congés annuels, nous pouvons partir pour notre lune de miel. J'ai réservé une chambre à l'hôtel *Astre de la nuit*...

— Je ne connais pas cet hôtel, où est-ce qu'il se trouve ?

— Sur la Lune...

À cette époque, la Lune - désormais habitable grâce aux colonies de bactéries spécialisées qui y ont été cultivées pour synthétiser les gaz nécessaires à la formation d'une atmosphère- était devenue une destination touristique prisée par les habitants de la Terre.

— Ce n'est pas un peu loin... Pourquoi la Lune et pas ailleurs ?

— Je t'emmène sur la Lune pour te prouver mon amour... même si nous n'y passerons qu'un jour ...

— Un jour !

— Oui, un jour lunaire : les habitants de la Lune sont dans le jour pendant deux semaines et dans la nuit durant deux autres. Donc un jour sur la Lune dure 28 de nos jours.

— Qu'est-ce que notre amour a à voir avec la Lune ?

— C'est une ancienne croyance. Nos ancêtres célébraient le vrai amour par un culte rendu à la Lune. Les maîtres de cérémonie de ce culte étaient appelés "poètes". Ils appelaient "poèmes" les odes qu'ils chantaient à la Lune. Certains de ces chants nous sont parvenus. Les poètes donnaient de la femme aimée une image lunaire. J'avais étudié ce culte en préparant ma thèse sur les mythes anciens...

— Tu sais que la Lune est sous la juridiction des Spaciens. Rappelle-toi qu'ils t'ont menacé de mort après tes chroniques contre les Mondes Extérieurs...?

— Je ne les crains pas !

Le lendemain, nous étions à l'aéroport spatial pour embarquer. Notre vol était prévu à 15 heures. Je pris place sur mon siège-fenêtre et attachai ma ceinture. La navette décolla verticalement, comme une fusée. Une voix synthétique résonna dans ma tête et des images commencèrent à défiler dans mon esprit. D'abord les consignes de sécurité, ensuite une présentation de l'hôtel, puis un guide touristique complet de la Lune. « Lune magique ! Qui n'a jamais rêvé de séjourner sur la Lune, l'astre magique de nos nuits terrestres ? Ce guide de votre séjour vous donne des informations sur la Lune, les principaux lieux touristiques, les visites organisées, les meilleurs restaurants, les concerts, les moyens de transport... » Fatiguée, je m'assoupis et perdis le fil du guide touristique télépathique.

Quand je me réveillais, le guide parlait des grottes de la Lune. « Ne ratez pas la visite de la grotte Hadley, dans la région de l'Océan des Tempêtes. C'est l'entrée d'un immense réseau de tunnels qui s'étend sous la surface de la Lune. Cette cavité s'est formée à la suite de l'effondrement d'un tunnel de laves, peut-être à la suite d'une chute de météorite. Avant la formation de l'atmosphère lunaire, les humains y avaient installé leurs premières bases de conquête spatiale. Ces vastes grottes avaient été creusées par les laves à l'époque où la jeune

Lune connaissait une intense activité volcanique. Elles ont formé des réseaux de tunnels qui cheminent sous une couche de roches de plusieurs centaines de mètres. Les premiers astronautes y avaient construit leurs bases, pour se protéger contre les radiations, les météorites et les écarts de température. La température sous ces tunnels était stable ; il n'y faisait pas plus froid que dans la plus froide des grottes terrestres. Sur les parois de la grotte, on peut voir des représentations de vaisseaux primitifs et de divinités adorées par les hommes de cette époque. Il y a aussi des représentations d'humains volants... »

Je me tournai vers Jek pour exprimer ma surprise.

— T'entends ce qu'ils disent ?

— Quoi donc ? Je n'ai pas entendu, j'ai décroché ma ceinture.

— Ils disent que les humains volaient !

— C'est vrai. Vivant sur la Lune, ils s'amusaient en jouant avec sa faible gravité. Sur la Lune, ils étaient six fois plus légers que sur la Terre. Certains se construisaient des ailes et volaient comme les oiseaux...

Peu avant l'atterrissage, un robot steward, nous distribua des masques respiratoires. « Une violente tempête de régolithe balaye la lune. Le régolithe est le produit des bombardements intenses et continus de météorites auxquels la Lune était soumise pendant les milliards d'années où elle n'avait pas d'atmosphère. Cette fine poussière se colle partout, son inhalation peut être fatale. »

Sur la Lune, une hôtesse nous prit en charge pour nous conduire vers la cabine de téléportation de l'hôtel, et nous nous retrouvâmes devant notre chambre, dont la porte s'ouvrit après la reconnaissance faciale. L'air dans la pièce était saturé de parfums aux effluves enivrants. Une lumière tamisée filtrait de sources invisibles. Le système de l'air conditionné détecta la chaleur de nos corps et se déclencha pour ajuster la température de la pièce. Des bouquets de fleurs odorantes aux parfums envoûtants égayaient l'espace. Tout cela créait une ambiance de cocon intime.

Après avoir pris possession de notre chambre, nous montâmes dîner dans le restaurant Ganymédien de l'hôtel. Situé au 322e étage, le restaurant donnait une vue imprenable de Lunatown. La tempête a baissé en intensité et la poussière a commencé à se dissiper. On pouvait maintenant distinguer une pâle pleine Terre qui montait à l'horizon. Le clair de Terre filtrait faiblement à travers la poussière.

— Tu sembles fatiguée et tu somnoles…

— J'ai des vertiges et des difficultés à déglutir. J'ai même l'impression que je vais m'évanouir…

— C'est sans doute l'effet du décalage horaire...

Nous venions de revenir dans notre chambre et on se préparait pour nous mettre au lit, quand une violente explosion souffla la fenêtre. Des soldats cagoulés, habillés en noir, suspendus à des cordes, firent irruption dans la chambre et ouvrirent un feu nourri sur Jek. Je criais comme une folle :

— Jek ! Jek ! Au secours ! Au secours !

Je voyais de la fenêtre éventrée un hélicoptère faire du stationnaire. Le feu nourri sur Jek a scindé sa tête en deux. Les soldats se retiraient maintenant en s'accrochant aux cordes suspendues à l'hélicoptère.

Des robots du service médical de l'hôtel m'aidèrent à remettre en place les deux moitiés de la tête de Jek et prodiguèrent les soins de conservation du corps, avant de le mettre en bière. Je fus transférée avec le cercueil dans une autre chambre. Je demandai à la réception d'annuler la réservation et de retenir deux places, une pour moi et une pour le cercueil de mon mari, sur la première navette en partance pour la Terre. On m'informa que mon vol de retour était prévu la même nuit, mais seulement dans 72 heures. Je fis donc malgré moi l'expérience de la coutume ancienne qui consiste à veiller les morts. Je fis l'obscurité totale dans la chambre. Durant les premières heures, je ne cessais de pleurer et de faire des reproches à Jek :

— … Pourquoi tu nous as amenés sur la Lune ? Je savais que les Spaciens en profiteraient pour t'assassiner !...
Après plusieurs heures de lamentations, je fus gagnée par le sommeil et dormit la tête appuyée sur le cercueil. Quand je me réveillai en sursaut, je criais comme une forcenée :

— Jek ! Jek ! Tu revivras ! Je ne veux pas te perdre ! Je vais te cloner !

Je n'informai personne de mon retour prématuré. Je pris contact avec la clinique Stemage, spécialisée dans le clonage humain, qui fit prélever des cellules de peau sur le corps et réalisa une copie intégrale des processus mentaux. Ensuite, je fis incinérer le corps sans informer personne du décès. Après l'incinération, je me rendis de nouveau à la clinique. On m'expliqua que le clonage se fera par transfert nucléaire des fibroblastes dans mes ovocytes dénoyautés.

— Vous serez soumise à une série de traitements et d'examens avant la ponction ovocytaire. Nous devons stimuler vos ovaires pour obtenir un nombre suffisant d'ovocytes matures. Le clonage peut se faire de deux manières: soit par ectogenèse, c'est à dire implantation de l'embryon cloné dans un utérus artificiel et on vous le livre dans 3 semaines. Il aura le même âge biologique que celui de

Jek à sa mort. L'avantage de cette solution est qu'on peut programmer le cerveau avec la copie des processus mentaux que nous avons réalisée, et obtenir un clone qui aura la même personnalité que votre mari...

— Le clone sera donc identique à Jek ?

— Pas tout à fait, il aura une différence biologique causée par le génome mitochondrial de vos ovules énuclées et par les éventuelles manipulations génétiques... La deuxième solution serait d'implanter l'embryon dans votre utérus, avec les inconvénients d'une grossesse à risques. Et si vous arrivez à avoir le bébé, vous aurez à l'élever- en espérant qu'il atteigne l'âge adulte- et quand il l'aura atteint, vous aurez l'âge de sa grand-mère, si vous êtes encore en vie...

Je choisis l'ectogenèse.

— Vous aurez à faire 2 injections d'hormones par jour à heures régulières pendant 12 jours, pour stimuler les ovaires et produire plusieurs follicules en même temps. Vous pourrez faire les injections vous-même. Mais, pendant le cycle du traitement, vous devrez vous rendre régulièrement au laboratoire pour l'échographie et la prise de sang, pour contrôler le développement des follicules.

Je gonflais sous l'effet des hormones et j'étais très fatiguée. Le traitement a provoqué chez moi une hyperstimulation ovarienne sévère. Au bout des 12 jours de traitement, l'échographie a révélé une quarantaine de follicules, mesurant entre 18 et 30 millimètres. Je pouvais faire la piqûre de déclenchement. 35 heures plus tard, je me rendis au bloc opératoire pour la ponction ovocytaire. Je fus anesthésiée localement, la gynécologue repéra les follicules sur l'échographie et les aspira dans un tube.

— Nous allons identifier les ovocytes utilisables, les énucléer et les placer dans l'incubateur, le temps de décongeler les fibroblastes pour le transfert nucléaire, qui sera fait dans deux heures. Les fibroblastes se développeront dans vos ovocytes dénoyautés et donneront des clones génétiques de votre mari.

Un embryon fut sélectionné parmi les 30 qui se sont développés. La biologiste me demanda si je voulais le modifier génétiquement avant son implantation.

— Le diagnostic préimplantatoire a-t-il révélé des anomalies ?

— Non. Mais je veux savoir si vous voulez corriger des défauts qu'avait votre mari... Est-ce que par exemple vous voulez augmenter sa force physique ?

— Oui... Je me rappelle que lors de notre nuit de noces, il a été incapable de me porter dans ses bras...

— Voulez-vous décupler sa force, la centupler ?

— Décuplez-la, ça suffira !

— OK, mais sachez que cela aura pour effet de rendre son métabolisme dix fois plus rapide...

— Et alors ?

— Alors il aura besoin de prendre dix repas par jour...

— Ce n'est pas grave ! J'aurai un mari gargantuesque, mais capable de me porter dans ses bras !

— Y a-t-il d'autres modifications que vous voulez apporter ? Le rendre plus beau par exemple, plus grand...

— Oui, sa taille était moyenne et son visage allongé lui donnait parfois des airs d'affreuse citrouille !

— Nous pouvons reprogrammer les parties de l'ADN responsables de la taille et des traits faciaux ; quelques petites modifications de l'ADN suffisent pour changer le visage. Voulez-vous lui garder la même couleur des cheveux et des yeux ?

— Non ! Il était blond, je le préfère brun avec des yeux clairs.

— Y a-t-il des caractères psychologiques que vous voulez modifier ?

— Oui. Il avait un caractère volage et n'arrêtait pas de regarder les autres femmes.

— Est-ce qu'il vous trompait ?

— Je ne sais pas, mais je le soupçonne d'infidélité…

— Nous pouvons corriger cela, il suffira d'agir sur le gène de la vasopressine…

— Il y a aussi sa mauvaise humeur du matin et son côté rêveur…

— Dans 24 heures, on vous appellera pour assister au placement de l'embryon dans l'utérus artificiel.

La salle des utérus était immense. Elle renfermait des centaines de grosses machines, sortes de gros bacs en forme de poire, avec des proies épaisses et des couvercles convexes en verre. Les utérus étaient raccordés à un entrelacs de fils et de tuyaux transparents qui gargouillaient à l'unisson. Ils contenaient des clones à tous les âges de la vie : certains étaient encore à l'état d'embryons, d'autres à celui de bébés, d'enfants, d'adolescents ou d'adultes. Tous baignaient dans des liquides incolores ou teintés.

— Dans l'utérus artificiel, l'embryon se développera comme dans le ventre d'une mère. Mais dans sa 3ᵉ semaine, vous devez régulièrement lui parler et être attentive à ses réponses, pour le stimuler.

— Est-ce qu'il m'entendra ?

— Oui, il y a un amplificateur sonore, il peut entendre les sons émis contre l'utérus.

— Qu'est-ce que je dois lui dire ?

— Racontez-lui des histoires comme celles que les anciennes mères contaient à leurs enfants.

Durant cette période, je faisais régulièrement des cauchemars et des rêves bizarres. Je rêvais que j'accouchais et donnais naissance à un homme adulte. Un rêve revenait souvent : des Spaciens attaquaient la clinique, occupaient la salle des naissances et débranchaient les utérus... Je me rappelle encore un rêve étrange que je fis pendant la troisième semaine qui suivit le clonage : à sa sortie de l'utérus, Jek était bicéphale, il avait les deux têtes rasées et un oiseau sortait de sa bouche... Durant les dernières nuits précédant la naissance, les cauchemars étaient devenus plus fréquents et plus violents. Je rêvais souvent que j'accouchais d'un monstre...

Jek était maintenant en position fœtale.
— C'est un réflexe inné, il pense qu'il est dans le ventre de sa mère et que sa naissance approche, me dit la surveillante.
— Il était une fois ...
— Voyez comme son cœur s'accélère quand vous lui parlez ! Il est sensible à votre voix.
— Il était une fois, il y a bien longtemps, quand la Terre était encore divisée en plusieurs états, un royaume du nom d'Arabistan. Ce royaume avait un roi cruel et abominable qui ne parvenait jamais à étancher sa soif de sang humain. Ce tyran à la cruauté sans égale ne vivait que pour assouvir ses pulsions. Il était atteint de lycanthropie, une maladie qui le transformait en loup-garou. Il se métamorphosait les nuits de pleine lune. Son esprit malin avait emprise sur les hommes, les femmes et les enfants de tout le royaume.

»Un jour, il mit aux arrêts l'un de ses sujets, un homme du nom de Jem Cuilleron, qui s'était exilé dans un lointain pays,

16

appelé le pays de Sam. L'homme fut soumis à la torture, avant d'être tué par strangulation. Après avoir été tué, il fut démembré et livré au monarque anthropophage. Mais des enregistrements secrets du crime furent fuités et firent le tour du monde, créant un vaste mouvement de réprobations et obligeant le pays de Sam – qui exerçait sa tutelle sur Arabistan– à demander des comptes au monarque sanguinaire. Or il se trouva que celui-ci avait encore en sa possession la tête du cadavre démembré. Il chargea le médecin légiste du palais de prélever sur la tête des cellules de peau et de faire cloner l'homme assassiné. Le clone fut présenté à la presse internationale pour nier le meurtre. Personne ne sut que l'homme présenté à la presse n'était qu'un clone de l'homme assassiné. »…

Aujourd'hui quand j'arrivai, Jek tenait son pied et suçait son orteil.
— Il était une fois…
Quand il entendit ma voix, il se mit à rire aux éclats.
— Il était une fois, il y a bien longtemps, une contrée qui s'appelait le pays de Maures. Cette contrée était peuplée par des tribus nomades qui se faisaient la guerre entre elles et défendaient chacune jalousement son territoire. Un homme appelé le Père de la nation se déclara et voulut unir ces tribus. Il décida d'abord de construire une capitale. Il trouva que le lieu idéal pour construire la nouvelle cité était le bord de la mer. Il se rendit chez le saint de la tribu qui occupait cette partie du territoire. "Je veux ta bénédiction pour construire ici une capitale pour notre futur état." « Il veut envahir notre territoire » se dit le saint, mais il ne laissa rien paraître. Et il dit au Père de la nation : " Tu vois cet arbre, creuse à son tronc et ramène-moi un peu du sable que tu auras dégagé". Le Père de la nation s'exécuta. Quand il revint avec le sable, le saint

17

récita dessus des formules inaudibles. Le Père de la nation qui avait gardé le sable dans sa main, le porta à sa bouche et se mit à le manger. Quand il s'en alla, le saint convoqua les sages de la tribu. " Nous devons quitter ce lieu ! J'ai reçu la visite d'un homme qui m'a demandé de bénir son projet de construire une ville ici. Je lui ai demandé de m'amener du sable et j'ai récité dessus des formules qui devaient avoir pour effet de l'éloigner de notre territoire, s'il avait gardé le sable avec lui, mais il l'a mangé ! Par ce geste, il a annulé l'effet des formules que j'ai récitées. Il est donc écrit qu'il construira sa capitale ici !"...

Aujourd'hui, quand j'arrivai dans la salle des utérus, Jek jouait avec son cordon ombilical. Son cerveau a déjà été programmé. La clinique m'a demandé de venir assister à la naissance. J'étais impatiente et émue, je pleurais de bonheur. « Enfin ! Finie la longue attente, j'allais enfin pouvoir serrer Jek dans mes bras ! » À sa sortie de l'utérus, il lança un grand cri qui me fit peur.

— Ce n'est rien me dit la maïeuticienne, il vient de remplir d'air ses poumons qui se sont déployés.

Sa peau était toute fripée et un peu violette. Il était souillé de liquide amniotique teinté jaunâtre et de graisse. La machine le libéra en sectionnant le cordon ombilical qui le reliait encore à elle.

— Gaïa ! cria-t-il en sautant dans mes bras.

Il était tout gluant et collant ; mais malgré cela, je trouvais qu'il était le plus beau des clones. Il était devenu un grand ténébreux d'une beauté extraordinaire.

— Jek ! Comme tu as changé !

— Pourquoi suis-je nu ? Et qu'est-ce que je faisais dans cette machine ?

— As-tu oublié ta mort ? Je t'ai cloné quand les Spaciens t'ont assassiné ...

— Qu'est-ce que tu me racontes ? Je n'ai jamais été assassiné !

Une androïde entra.

— Je vous l'enlève pour un moment, le temps de le toiletter et de l'habiller.

Ce soir-là, Jek me fit l'amour. J'étais détendue et de bonne humeur.

— Maintenant, tu as vraiment mérité ton nom ! dit-il en me caressant les cheveux.

— Que veux-tu dire par là ?

— Tu ne connais donc pas la signification de ton nom ? Dans la mythologie, Gaïa était la Déesse mère des dieux, elle donna naissance à un fils, sans intervention mâle et l'épousa. J'ai honte ! Je me sens coupable de faire l'amour à ma mère !...

— Je t'aime mon fils ! Est-ce que tu te sens bien dans ta nouvelle peau ?

— Avec tous les muscles dont tu m'as chargé, je sens mon âme ployer sous la charge de mon corps ! Pour tout te dire, je suis malheureux dans mon nouveau corps...

— Comment peux-tu l'être ? Il est tellement fort, tellement beau...

— Oui, c'est vrai, mais il me pèse... Je voudrais pouvoir explorer ma vie antérieure. Je vais me connecter à un hypno pour retrouver mon ancien moi...

— C'est inutile, la Clinique en a une copie. Tu peux la consulter quand tu veux.

— Comment vais-je expliquer à nos amis et à mes collègues de travail tous les changements que tu m'as fait subir ?

— Dis-leur que tu as profité de notre séjour sur la Lune pour faire un lifting génétique.

Quelques jours plus tard, je revins à la clinique pour voir la psychologue. Je voulais savoir pourquoi Jek s'obstinait à nier sa mort et pourquoi maintenant il prétendait être l'ambassadeur des Spaciens sur la Terre.

— Il ne se souvient plus de sa mort ? C'est étonnant ! Avant de le programmer, j'ai contrôlé moi-même la copie de ses processus mentaux que nous avons réalisée et j'ai constaté qu'il avait une mémoire autobiographique hautement supérieure...

— Mais avait-il mémorisé sa mort ?

— Il avait bien mémorisé et classé les souvenirs de sa mort. Il peut s'agir d'une amnésie traumatique... Ramenez-le à la clinique, nous allons vérifier la programmation de son cerveau.

— Il y a quelque chose qui m'intrigue davantage : depuis sa naissance, il s'est remis à diffuser ses chroniques sur les réseaux interstellaires, mais au lieu de fustiger les Spaciens comme il le faisait auparavant, il en fait maintenant l'éloge et dit qu'il prépare leur arrivée sur la Terre !

— Pourtant dans les processus mentaux que nous avions copiés, les Spaciens étaient présentés comme les ennemis de l'humanité...

— Maintenant, il les présente comme ses sauveurs...

— Il ne peut s'agir que d'un faux souvenir. Nous allons enquêter pour savoir quand et comment il l'a acquis.

Ce matin, je reçus une pathie de la clinique m'informant qu'ils ont détecté l'origine des faux souvenirs de Jek et que la psychologue demande à avoir un entretien avec moi.

— Pourquoi vous étonnez-vous de l'amnésie de votre mari et de ses faux souvenirs, alors que c'est vous-mêmes qui les avez inculqués?

— Comment ça moi-même !?

— Venez, nous allons visionner vos images fixées par la caméra de l'utérus. Elles ont été enregistrées une heure après la programmation.

J'apparus en gros plan sur l'écran. Mon visage avait une expression que mon miroir n'a jamais reflétée. J'étais légèrement maquillée et je portais une combinaison scintillante qui ne faisait pas partie de ma garde-robe.

— Qui est cette femme qui me ressemble tant ?

— Comment qui est cette femme ? Mais vous voyez bien que c'est vous-même !

La femme prit place à côté de l'utérus, sortit un tube fixé sur un arceau qu'elle plaça au niveau de la tête de Jek. Un faisceau de rayons multicolores convergea sur le front et se mit à tourner. Quand il s'arrêta, elle commença à parler :

— Jek mon chéri...

—C'est Gaïa ta femme, je viens de t'endormir. Tu dors maintenant. J'ai établi une connexion entre nos espaces mentaux. Tu es dans un état de conscience modifié. Laisse affluer vers toi mes suggestions mentales. Intègre-les comme éléments de ta mémoire. On t'a programmé avec de faux souvenirs, on veut te faire croire que tu es mort assassiné par les Spaciens. N'en crois rien ! Les habitants des Mondes Extérieurs sont pacifiques et ne veulent que le bien aux habitants de la Terre…

— Cette femme est en train de faire une inception à Jek…

— Comment ? Tu ne reconnais donc pas ta propre voix ?

— Ce n'est pas moi, c'est un Spacien qui a revêtu ma forme pour s'introduire auprès de Jek !

— Rappelle-toi, poursuivit la femme, cette nuit à l'hôtel *Astre de la nuit,* quand tu m'as demandé de monter avec toi au roof pour admirer les panoramas de Lunatown et que je t'ai dit : "Monte sans moi, à cette hauteur j'aurai le vertige."…

— Ça alors ! Mais quelle menteuse !

21

— Souviens-toi, tu es monté tout seul et tu n'es revenu que 36 heures plus tard. Souviens-toi. Tu m'avais dit que tu étais monté sur le toit de l'hôtel et que tu admirais la vue de Lunatown, quand un vaisseau descendit du ciel. Souviens-toi. Tu m'as dit qu'un Spacien en est descendu et t'a proposé de l'accompagner pour te transmettre le savoir extraordinaire des peuples des Mondes Extérieurs...

Une contre inception fut réalisée sur Jek, et il put recouvrer ses vrais souvenirs.

FIN

Humain de compagnie

Aujourd'hui, Brigitte m'amène à Anubisland voir mes parents. J'affectionne particulièrement ce parc animalier où je suis né et où j'ai vécu une partie de mon enfance. Aimante comme une chienne, elle m'aida à mettre mon gilet de cachemire blanc orné de carreaux marron, verts et roses et mon manteau en cuir, bordé de fourrure noire. L'attachement sentimental de Brigitte à mon égard est sans limites. Il est maintenant associé à une sexualité exclusive, depuis sa rupture avec Patrick, son ex-petit ami. Ma puissance impressionnante, ma toison d'or, mes babines, mes yeux, mes pattes la rendent follement amoureuse. Elle m'avoua une fois que la simple écoute de mes pas générait chez elle une troublante sensation de plaisir. Je n'ai jamais pu accepter son ex ! Je me rappelle encore très bien sa mauvaise manière de m'accueillir, le jour où Brigitte m'amena pour la première fois à la maison.

« Patrick, je te présente Tep Komondor ! Avait-elle dit en tirant sur ma laisse et d'ajouter : Qui m'aime aime mon chien!

— Oh, le chien ! Tu peux dire adieu à tes soirées télé et dire bonjour au calvaire des balades quotidiennes ! »
Manifestement, il était fortement impressionné par mon gabarit. J'avais hérissé les poils de mon cou et me tenant droit j'avais posé mes pattes sur ses épaules. Puis je me mis à examiner ses odeurs. En l'absence d'odeur intéressante, je me mis à renifler son entrejambe, pour enregistrer l'odeur de sa personne. Il me repoussa et se mit à me crier sur moi en me menaçant :

« Sale chien galeux, écarte-toi de moi !

— Arrête donc de lui crier dessus ! Tu vas simplement l'exciter et il ne t'écoutera pas. »

Avec le temps, mon conflit avec Patrick n'a cessé de s'exacerber. Il était habitué à l'adoration exclusive de sa petite amie ; il était très jaloux et ne voulait pas m'accepter sur son territoire. Il n'a jamais respecté les limites du mien, mais j'ai toujours su comment le repousser, ne serait-ce que par ma prestance impressionnante et mon grognement sourd et dissuasif. Je supportais Patrick sans jamais me plaindre et quand il se disputait avec Brigitte, j'étais toujours là pour la réconforter à grand renfort de léchouilles. J'étais pour elle un vrai antidépresseur. Quand elle avait passé une mauvaise journée au travail et qu'elle n'avait pas le moral, je faisais tout pour la réconforter, quitte à faire le clown ! Contrairement à Patrick qui était grinche le matin, je m'arrangeais pour être toujours adorable ! Il arrivait à Brigitte de me laisser, pendant une journée entière, tout seul enfermé à la maison. Mais quand elle rentrerait, je lui faisais la fête, parce que j'étais toujours heureux de la revoir. J'étais prêt à tout pour elle ! Elle était le centre du monde pour moi, je n'avais d'yeux que pour elle ! Je passais tout mon temps à ses côtés, alors que Patrick préférait ses sorties entre amis. Brigitte et moi étions devenus attachés si étroitement l'un à l'autre qu'il se sentait exclu de la relation. Je finis par le détrôner pour devenir le chien dominant de la meute de la maisonnée et prendre sa place dans le lit de Brigitte.

Arrivés au parc, on se dirigea vers l'enclos réservé aux chiens. On passa à côté de l'enclos des rapaces. Mon père m'aperçut et vint à ma rencontre :
« Où est maman ?

— Ta mère a disparu ! Cela fait plus d'une semaine. Je me suis réveillé un soir, sans la trouver à mes côtés. J'ai tenté plusieurs fois de la télépather, mais je n'ai reçu aucune réponse. J'ai alerté les gardiens qui l'on cherchée dans tout le parc, sans la trouver. Depuis quelque temps, elle me disait qu'elle ne supportait plus la vie de zoo et me demandait de m'échapper avec elle pour rejoindre l'une des meutes sauvages qui rôdent autour de la ville.

— Maman ! C'est moi Tep ! Où es-tu ?

— J'ai quitté le parc ! J'ai rejoint l'une des meutes des chiens errants des friches.

— C'est où les friches ?

— C'est dans la périphérie sud-ouest de la ville.

— Papa, maman dit qu'elle est allée rejoindre les chiens errants !

— C'est bien ce que je craignais ! »

En sortant du parc, nous passâmes à côté d'un panneau publicitaire qui nous apostropha pour proposer à Brigitte une eau de toilette : " Faites-vous désirer par votre chien ! Notre nouvelle eau de toilette Chienne en chaleur fera craquer votre compagnon ! Ses senteurs sont un bouquet formé par toutes les phéromones de la chienne en chaleur !" Un message s'afficha dans l'air devant nos yeux : "Face au nombre grandissant des chiens errants, les autorités municipales ont mis en place un dispositif de capture et d'euthanasie…"

« Nom d'un chien ! Il faut que je prévienne Laïka ! Maman, réponds ! Merde, je n'arrive plus à la télépather! Il faut qu'on aille la chercher ! »

On commença par les friches derrière le périphérique. Deux sentinelles donnèrent l'alarme en aboyant furieusement du haut de leur poste d'observation. Cette zone était peuplée de chiens errants : dalmatiens, chuskys, labskys, chugs, cocker-peis, horgis, pomskys, Shar-Peï, chiens robots...

« Maman, où es-tu ? Brigitte et moi sommes dans les friches, derrière le périphérique, il faut qu'on te parle !

— Suivez les rails. Je vous retrouve dans le terrain vague.» Une meute de sept adultes et leurs petits, poussant des aboiements féroces, s'approcha de nous. Je poussai un aboiement résolu d'une voix profonde.

« N'aie pas peur ! dis-je à Brigitte. Ils ressentent parfaitement tes émotions, et un humain effrayé à une odeur spéciale. »

Maman nous conduisit jusqu'à la formidable meute qui l'avait accueillie. Notre approche déclencha un concert d'aboiements. Un grand rottweiler à robe noire, avec des marques feu d'un ton brun-roux, se détacha de la meute et vint à notre rencontre. La tête massive bien droite, la queue haute, les oreilles pointées en avant, il nous regardait avec méfiance. Un gros mâle le suivait.

« C'est Socrate, le mâle le plus fort, un chef charismatique. Tous lui obéissent.

— Écoute Socrate ! Les meutes sont toutes en danger, la municipalité a décidé d'éradiquer les chiens errants!»

— Jusqu'à quand allons-nous laisser sévir ce vivant qui fait mourir d'autres vivants par pur plaisir du meurtre ?

— Non seulement les hommes nous mangent, mais ils nous torturent et nous font souffrir. Ils prétendent que notre chair possède des vertus aphrodisiaques et que plus nous sommes martyrisés avant de mourir, plus ses pouvoirs seraient exacerbés !

— Dans leur histoire, les humains n'ont cessé d'inventer des jeux cruels pour faire souffrir et mourir les bêtes les plus inoffensives : Chasse à courre, corrida, combats de coqs et de chiens, tir aux pigeons. Ce qui les amuse nous fait mourir !

— L'homme est le seul animal qui tue par plaisir !

— Avec cela, il prétend ressembler au Créateur !

— Les hommes ont détraqué le climat, empoisonné les océans, détruit les forêts, massacré les animaux !

— Sur quoi se fonde cette dignité ontologique que l'homme se réserve et qui lui donne tous les droits sur tout ce qui ne relève pas de l'humain ? Il se vantait d'être le seul animal qui parle et prétendait que la parole ne convenait qu'à lui seul ! Mais depuis longtemps, la parole n'est plus le privilège de l'homme, il n'est plus qu'un animal parmi d'autres qui parlent. Depuis la mutation de nos ancêtres transgéniques, suite aux manipulations de notre patrimoine génétique par les humains, nous sommes dotés d'un appareil phonatoire beaucoup plus performant que celui des hommes.

— Fuyons vers la forêt chercher refuge auprès de nos cousins les loups !

— Laïka, viens ! On va alerter les meutes ! »

Au retour, nous étions arrivés près du périphérique, quand un dalmatien tout sourire vint à notre rencontre. Il avait une étrange dégaine, des habits mal assortis, un regard étrange. Sa lèvre supérieure s'étirait vers l'arrière, découvrant ses dents et donnant à sa face une expression de rire crispé. Il me dit, de manière télépathique :

« Ô chien parfait, je suis l'adorateur qui t'aime ! »

— Mais il est toqué le dalmatien ! dis-je à Brigitte. T'entends ce qu'il dit ?

— Quoi donc ?

— Il dit : "Ô chien parfait, je suis l'adorateur qui t'aime" !

— Je croyais que j'étais la seule à t'adorer !

— Arrête donc de plaisanter ! Et m'adressant au dalmatien: « C'est quoi ces balivernes ? Tu délires ou quoi ? »

« Je suis Cob V 987, je fais partie d'un groupe d'éclaireurs venus de Setha, une planète située à 193.000 milliards de kilomètres de la Terre, dans la Constellation de la Balance. Le komondor est une de nos divinités primordiales... »

« Un dalmatien extraterrestre ! »

« Notre espèce est formée d'entités non physiques. Mais nous sommes capables d'aller chercher de l'information dans d'autres univers et de prendre les corps des êtres qui les habitent... ! »

« Et que cherchez-vous sur notre planète ? »

« Notre Conseil Planétaire a décidé d'envahir la Terre pour porter secours aux animaux. Nous avons intercepté un SOS lancé par les animaux qui supplie les extraterrestres de venir délivrer la Terre des hommes qui les mangent et les maltraitent, détruisent l'environnement de la planète et menacent l'existence des autres espèces. L'invasion aura lieu cette année, entre le 31 octobre et le 22 novembre, quand votre soleil traversera notre constellation... »

« Avec tout l'arsenal militaire de la Terre, ce ne sera pas une promenade de tout repos ! »

« Tout ce beau monde sera rapidement maîtrisé ! »

« Et comment cela ? »

« Pour t'en faire une idée, pense un peu au parasitisme, phénomène assez fréquent ici. Les parasites peuvent modifier le comportement de leurs hôtes au point d'en prendre le contrôle ! Nos soldats viendront par milliards sur la Terre pour infecter tous les humains, qui seront interloqués et régresseront vers l'état de quadrupèdes. Nos soldats seront nichés dans le lobe frontal du cerveau de ceux qu'ils parasiteront. Ils en assureront le contrôle en agissant sur le système nerveux central. Les humains ainsi contaminés ne seront plus que des marionnettes. »

— Ça alors ! Tu entends Brigitte ! Il dit qu'il est un extraterrestre qui a pris le corps d'un dalmatien et qu'il vient en éclaireur devant une armée qui va envahir la Terre et prendre le contrôle des humains !

— Qu'est-ce que tu me racontes ?

— Oui, sans blague, je t'assure ! Il dit qu'il vient de Setha, une planète de la Constellation de la Balance. Ils ont décidé d'envahir la Terre ! Il prétend aussi que je suis une de leurs divinités là-bas !

— C'est donc vrai ? Vous allez nous envahir ? s'enquit Brigitte auprès du dalmatien.

« Affirmatif ! Notre Conseil Planétaire a décidé d'envahir la Terre pour porter secours aux animaux. Ce sera dans trois mois, télépatha le dalmatien, qui fut pris d'agitations intenses, avant de détaler en hurlant. »

— Eh, oh ! Pas si vite ! Et nous qu'est-ce qu'on doit faire pour préparer l'heureux événement ? »

« Le temps des hommes prend fin, celui des animaux commence ! » Ce message émis par on ne sait qui et provenant on ne sait d'où, fut transmis le matin du premier novembre par la voie des ondes de la radio et de la télévision et sur les réseaux sociaux de toute la terre. La même journée, les humains furent tous infectés par un virus inconnu qui les interloqua et les ramena au stade quadrupède. Des millions de ballons bleus furent largués dans le ciel des cinq continents. Ils éclataient en touchant le sol et des robots sethiens en sortaient pour essaimer sur toute la surface du globe. Des myriades de robots furent ainsi débarquées sur la Terre. Après s'être rechargés grâce à la lumière ambiante, les robots commençaient à communiquer entre eux. Ils construisirent des méga zoos et commencèrent à y parquer les humains. Les anciens zoos de la planète furent désaffectés et les animaux libérés. Brigitte se retrouva à quatre, privée de parole. Elle, si prolixe au paravent, se transforma en une bête silencieuse et souffrante. Les provisions s'épuisaient rapidement et j'avais du mal à trouver de quoi la nourrir. Au matin du troisième jour, un robot sethien se matérialisa devant nous. Il déshabilla Brigitte, malgré mes protestations, la mit en laisse et la téléporta vers une destination inconnue. Durant quarante-huit heures, je tentais vainement de télépather Cobe, pour lui demander de m'aider à retrouver Brigitte.

Je commençais à désespérer, quand il me télépatha :

« Souverain, mon maître, que ça m'est agréable de te contempler ! C'est Cobe, ton adorateur qui te rend visite! »

« Cobe, enfin ! Je suis dans le malheur ! Ils m'ont enlevé Brigitte ! »

« Comme tous les humains, la place de Brigitte est dans le zoo ! »

« Cobe, si tu ne veux pas subir le courroux de ton Dieu, ramène-moi Brigitte ! »

« Ô chien parfait pardonne-moi ! Je ferai tout pour te la ramener ! Mais permets-moi de rester dans ta proximité et accepte d'accueillir dans ta demeure mon animal et son robot de compagnie ! »

« Vous êtes les bienvenus ! Venez quand vous voulez! »

Le soir même, l'animal de Cobe se présenta avec son robot de compagnie. Et quel animal ! Une sorte de sphinx luminescent à trois têtes, de la taille d'un gros chat, avec des pattes griffues, une longue queue enroulée sur elle-même et des vibrisses multicolores. Il était flanqué d'une sphère de lumière bleue flottant au-dessus de ses têtes.

« Quel bonheur d'arriver dans ta demeure, ô chien parfait !
Je suis Héris de Cobe et voici Imago, mon robot de
compagnie! » Me télépatha l'animal.

« Et Cobe, quand est-ce qu'il sera là ? »

« Je suis là, devant toi ! »

« Mais il n'y a personne ! »

« Je suis bien là, mais tu ne peux pas me voir. Comme je te
l'ai déjà expliqué, je suis immatériel ! Ce qui n'est pas le cas
pour mon animal et son robot… »

« As-tu des nouvelles de Brigitte ? »

« Non, mais j'ai introduit un recours pour la faire bénéficier
du statut d'humain de compagnie ! »

« Humain de compagnie ? »

« Oui ! Notre Conseil a prévu ce statut particulier pour les
humains qui militaient pour les droits des animaux… »

« Brigitte pourra donc redevenir bipède et recouvrer la
parole ? »

« Non ! Les humains de compagnie seront toujours des
quadrupèdes interloqués, comme tous les autres humains.
Mais ils pourront vivre en compagnie de leur animal préféré,
s'il les accepte. »

Pendant que je télépathais avec Cobe, la sphère de lumière
était descendue au niveau sol et, presque tout de suite, elle se
transforma en chienne komondore ! Je restai pétrifié,
immobile sous le coup de la violence de l'émotion !

« Tep, mon chéri, viens près de moi ! »

« Ne fait pas cette mine stupéfaite, me télépatha Cobe.
Imago a simplement décrypté les éléments de ton génome pour
se configurer dans sa version femelle. Elle est génétiquement
unique. Polymorphe, mutante, elle est dotée d'une plasticité
qui lui permet de prendre n'importe quelle forme. Elle peut
rabattre une bonne partie de ses gènes, jusqu'à modifier son
génome originel. Lorsqu'elle veut revêtir une nouvelle forme,

son génome se divise en fragments d'ADN mobiles très actifs qui sont des gènes sauteurs qui vont se multiplier et modifier le génome de ses cellules en s'insérant tout au long de la chaîne de son ADN... »

Cobe continuait à me télépather mais je ne l'écoutais plus, une violente fièvre s'était déclenchée dans mon corps : le désir d'Imago Komondore. Je poussai un hurlement de loup et me mis à lui renifler le menton, les lèvres, la peau du museau, à lui lécher les vibrisses et les joues. Puis je passai à son sillon inter mammaire... La fièvre du désir d'Imago Komondore ne me quitta plus. Mais au bout de quelques semaines, le souvenir de Brigitte revint encore plus fort. J'en perdais le sommeil et l'appétit. Je paniquais et mes larmes coulaient à flots. Je perdais mes poils, mes oreilles tiraient vers l'arrière et je n'arrêtais pas de me lécher le nez et les lèvres. Je bâillais sans cesse et haletais anormalement. Je mâchais de façon obsessionnelle et mon comportement était devenu destructeur: je m'auto mutilais et mâchais les meubles. J'aboyais sans cesse. Cobe s'inquiétait pour moi. Il fit des reproches à Imago:

« Imago, tu devrais t'occuper plus de Tep ! Tu ne vois donc pas dans quel état il est ? »

« Je lui consacre plus de temps qu'à Héris. J'ai tout tenté pour le guérir de son stress. Mais ses glandes surrénales s'emballent toujours, elles inondent son organisme de cortisol. J'ai dû réguler sa transmission cérébrale pour l'aider à adapter ses connexions neuronales et j'ai réglé son hypophyse pour contrôler le travail de ses surrénales. Il est stressé parce qu'il a perdu Brigitte. »

« Je vais donc devoir accélérer sa libération. Elle fera partie de la première fournée d'humains de compagnie.»

Les robots sethiens transformèrent le visage de la Terre. Ils apportèrent les technologies avancées de Setha, décontaminèrent la planète, remplacèrent l'énergie électrique par l'énergie photosynthétique, les transports par la téléportation ; ils développèrent l'agriculture hors sol, révolutionnèrent l'éducation des animaux, en généralisant les téléchargements directs dans les cerveaux et s'attaquèrent à l'atmosphère toxique de la Terre pour la changer par leurs techniques de géo-ingénierie. Ils cultivèrent des plantes qui relâchaient de l'oxygène et détruisaient le cycle du gaz carbonique. Ils commencèrent ensuite à récupérer les roches de la ceinture d'astéroïdes, entre les orbites de Mars et Jupiter, et à les stocker dans des gisements, pour changer la masse de la terre en vue de modifier son axe de rotation et agir sur les saisons...

Trois mois après l'occupation, Brigitte revint à la maison, encore plus malheureuse, toujours interloquée et quadrupède. Cobe l'intégra dans notre Cercle de Fraternité qui communiquait par télépathie. Chacun de nous était connecté avec les autres et partageait leur mémoire déclarative, épisodique et autobiographique. Je pus ainsi accéder à tous les événements personnellement vécus par Brigitte, dans leur contexte temporel et spatial, avec leurs détails sensoriels et phénoménologiques. Elle avait été téléportée dans le méga zoo de Nouakchott, l'un des premiers construits par les Sethiens. Le zoo occupe des milliers d'hectares. C'est un immense zoo humain, avec des milliers d'enclos principaux et de multiples annexes. « Tu ne peux pas imaginer la répulsion que j'ai dû éprouver quand j'ai été téléportée dans ma cage. L'odeur insoutenable, les excréments sur le sol, la transpiration des corps entassés, les enfants agonisants, l'odeur de la détresse, du désespoir, les cages grillagées. On communiquait avec les expressions du visage, les postures et en touchant la personne avec qui on voulait communiquer. Une mangeoire, toujours remplie à ras bord de pilules multicolores, était fixée à la base des barreaux. Ce qui m'a le plus choquée, en voyant les gigantesques images du zoo qui flottaient autour des cages, transformant l'air ambiant en écran à trois dimensions, ce sont les densités de parcage : des millions de personnes de toutes les races, hommes, femmes, enfants, adultes et vieillards entassés dans des cages surpeuplées. L'étroitesse des cages et la nudité des corps créaient une promiscuité insoutenable. Chaque jour, des milliers étaient emmenés vers une destination inconnue. Les Sethiens font preuve d'une totale absence de pitié et de considération pour les humains. Leur but ultime semble être de se débarrasser de l'espèce humaine ! »

Brigitte s'était retrouvée avec dix- deux femmes avec des enfants et trois hommes, dont un grand noir- dans une cage moins vaste qu'un lit double. À son arrivée, le noir lui sauta dessus et la viola. Et elle entra dans un cycle infernal d'agressions sexuelles répétées. « J'étais dans une situation de guerre permanente et je vivais dans une angoisse extrême, un sentiment d'insécurité, de danger permanent. Les souffrances psychologiques et physiques étaient intolérables. La conscience douloureuse de l'enfermement, l'enfer de la promiscuité étouffante, l'insomnie, la tension psychique et physique me donnaient une sensation de mort imminente. »

»Le grand noir, l'homme le plus fort, provoquait sans cesse les deux autres pour s'assurer de leur soumission, adoptait des postures de domination avec de grands gestes et des expressions faciales expressives. Frustrés, ils finirent par l'estropier cruellement jusqu'à l'émasculer et le tuer. Des nuées de mouches s'amoncelaient sur le corps, qui ne fut jamais enlevé. Le cadavre s'était mis à gonfler doublant presque de volume, avant d'éclater. Il baignait dans un liquide purulent et huileux. La langue pendait, la peau se décollait. Le plus dur c'était l'odeur putride de la mort, une odeur absolument ignoble qui nous suffoquait de jour comme de nuit, avec en plus l'odeur des excréments. » Cobe m'expliqua qu'il n'était pas question d'enterrer les cadavres ou de les brûler, parce qu'ils risquaient de contaminer les sous-sols et les nappes phréatiques. Le témoignage de Brigitte me remua profondément. Je décidai de demander à maman de me mettre en contact avec Socrate. Je voulais lui proposer de m'aider à convaincre les chiens errants pour constituer une société canine de protection des humains.

« Maman, nous devons sensibiliser les chiens errants sur le problème des plus de dix milliards d'humains qui souffrent de la dureté et de l'incurie des Sethiens. Les humains sont parqués dans des zoos ouverts qui les exposent au vent, au froid, à la chaleur et aux intempéries. Ils sont entassés dans des cages, rampant sur ceux qui sont déjà morts. Les femmes accouchent dans les cages et leurs petits ne survivent presque jamais. Cette situation est choquante et alarmante…

— Ils n'ont que ce qu'ils méritent ! Ne nous ont-ils pas fait souffrir durant des millénaires ?

— C'est vrai, mais ce n'est pas seulement la sensibilité au mal fait aux humains qui rend l'action nécessaire, c'est aussi à cause de la conscience qu'il n'y a qu'un petit pas entre la cruauté envers les humains et la cruauté envers les animaux…

— Nous n'avons rien à craindre de la part des Sethiens, n'est-ce pas tu m'as dit qu'ils vouent un culte aux animaux ?

— Ce n'est pas spécifique aux Sethiens, dans beaucoup de sociétés humaines les animaux furent considérés comme des incarnations vivantes de principes divins et furent sacralisés et idolâtrés, mais cela ne les empêcha pas d'être maltraités et mangés ! Nous devons agir pour assurer la protection et la défense des humains. Les Sethiens doivent prendre des mesures pour assurer leur bien-être. L'amélioration du sort des humains est un défi pour notre animalité. »

FIN

Dreg-dreg

Tapi sous ses panneaux solaires, le cruiser de l'équipe du maître de français roulait à une allure vertigineuse à travers l'immense désert. Ses douze roues motrices glissaient horizontalement, laissant de larges cicatrices sur le sable. Tel un violent incendie poussé par le vent, courant à la surface du quartz, il fonçait dans les dépressions, s'élançait sur les hauteurs, puis redescendait. À son passage, le désert se peuplait : les petits lézards fusaient comme des éclairs et les gros plongeaient rapidement, tels des poissons, ou jouaient le mort, pétrifiés. Le fennec habile déployait ses grandes oreilles, puis bondissait pour échapper à l'ennemi. Les gazelles effrayées s'élançaient par bonds rapides, courant à leur vitesse maximale. Le lièvre cendré détalait sans cesser de se retourner à gauche et à droite, pensant être toujours poursuivi et les gerboises, couleur sable, sautillaient sur leurs longues pattes-ressort. Un sirli bi fascié s'éloigna à tire-d'aile, abandonnant sa momie de sauterelle... Mais le bolide surpuissant était si rapide qu'il devançait toute cette faune, dont chaque animal s'agitait pour se sauver soi-même, s'arrêtait ou se précipitait.

Le cruiser restait stable, quelle que fût l'inclinaison des pentes traversées, assurant ainsi une sécurité totale pour le matériel embarqué. Souvent, des cordons de dunes vives chevauchaient les grands massifs de sable et les modelés s'atténuaient rarement. Le cruiser les attaquait de front pour garder le cap. Parfois, il empruntait de larges vallées continues et parallèles, couvertes de plaques de végétation. Les trois caméras frontales, ainsi que celle située à l'arrière, fournissaient des vues directes du sol et analysaient en permanence sa configuration. Les systèmes d'alerte à faisceaux lasers permettaient également de contrôler la trajectoire et de modifier les paramètres de vitesse. Les capteurs intégrés aux sièges les adaptaient à chaque nouvelle position des passagers, apportant un confort auquel s'ajoutait celui d'un air purifié maintenu à une douce température. Les systèmes optoélectroniques et les médiums de communication, qui assuraient une navigation sans conducteur, guidaient le cruiser vers sa destination déjà programmée.

Au plus fort de la chaleur, alors que le véhicule et son ombre venaient d'achever leur course poursuite, apparurent, au flanc d'une large dune, des toits blancs et coniques, perdus au cœur des solitudes immenses et silencieuses. Un bambin, qui poussait un bourricot rétif vers le campement, vit brusquement l'étrange animal caparaçonné, noyé dans les reflets éblouissants du soleil, qui dévalait à toute vitesse la haute pente croulante. L'enfant amorça un mouvement de fuite, mais déjà le monstre s'était immobilisé devant la tente du chef, plantée au centre, à distance des autres. Le campement résonnait des béguètements et bêlements des chevreaux et des agneaux, des cris d'enfants, des voix qui s'appelaient, du bavardage des femmes pendant qu'elles étalaient en toute hâte des nattes lisses aux couleurs vives et variées, à l'abri de sacs entassés, en disposant çà et là les coussins.

Les hommes sortirent pour accueillir les visiteurs par les bénédictions et les longues salutations d'usage :

— Le salut sur vous ! Bienvenue ! Bienvenue ! Entrez donc et que l'accueil ici vous soit large et généreux !

— Pas de mal ?

— Pas de mal, louanges à Dieu !

— J'espère que vous êtes en paix ?

— Grâce à Dieu !

— Et en bonne santé ?

— Grâce à Dieu !

Un chauve au nez busqué, avec une barbe clairsemée sur un visage plissé, tanné par le soleil, cria au visage du maître de français, le suffocant de son haleine fétide:

— As-tu remarqué sur votre chemin un hongre massif à poil ras, marqué d'un croissant, égaré hier ?...

— J'espère que vous n'avez rencontré que le bien ! lança un autre.

— Que le bien et la paix !

— Quoi de neuf ?

Visiblement, les visiteurs se prêtaient mal à cette litanie de salamalecs. Une foule méfiante, abasourdie, entourait le cruiser, se bousculant, criant. Sous la tente, les jeunes gens admis à la réception se sont groupés derrière les notables. Les serviteurs et les enfants se tenant à l'entrée, à la limite de l'ombre. On servit le lait caillé coupé d'eau.

— Étanchez bien votre soif ! C'est la grande chaleur aujourd'hui !

Un arôme délicieux de thé vert monta sous la tente et bientôt on servit les petits verres remplis de la liqueur chaude, ambrée et parfumée, que les hôtes s'empressèrent de siffler à grand bruit, sans crainte de se brûler. Un adolescent brun-jaunâtre, le boubou crasseux, noué sur la nuque et replié à mi-jambe sur sa culotte froncée, apporta l'aiguière et le lavoir en cuivre. D'une

39

stature moyenne, avec des membres graciles bien proportionnés, les cheveux en grains de poivre, il arborait une moue sur ses lèvres minces, surtout la supérieure, tordant légèrement son nez triangulaire. Sa ceinture- tresse de cuir, en fines lanières multicolores à section ronde, lui arrivait aux chevilles. On servit la viande grillée dans un grand plat, posé au milieu des convives, à même la natte.

Le repas n'a pas traîné. Tout a été vite déchiqueté, broyé, sucé, avalé, et les convives repus en sont déjà à racler sur leurs mains la graisse, dont ils se frottaient les jambes pour amollir leurs calus de chameliers. On parlait des pâturages qui s'épuisaient, du temps qui n'était pas ce qu'il devrait être et des bêtes égarées... On conversait à voix mesurée, assis à même le sol, les jambes repliées en tailleur ; ou allongés, nonchalamment accoudés sur les coussins, le turban ramassé sous le coude, pour s'abandonner à l'engourdissement d'une demi-sieste bercée par la succession des tournées de thé.

Ce fumeur a dénoué la petite cordelière de cuir qui fermait sa tabatière, pour la déplier à plat sur la main gauche. Il en sortit la pipe en os et cuivre gravé pour y passer le cure-pipe avant d'y souffler pour dégager les restes de tabac brûlé. Puis, il écrasa un peu du tabac contenu dans la dernière poche de la tabatière, bourra la pipe, en tassant le tabac à l'aide de l'index droit, sortit l'amadou, le silex et le briquet, préleva un petit morceau sur la boule d'étoupe végétale, le serra entre le pouce et l'index, frotta vivement le briquet sur le silex, provoquant une étincelle qui enflamma l'étoupe. Il plaça l'étoupe dans la pipe à l'aide du bout pointu du briquet, tira sur le kalioun, rejeta cette première bouffée et aspira une seconde, qu'il avala d'un hoquet sec, avant de laisser la fumée blanche purifiée ressortir en colonnes par le nez... L'appel du muezzin résonna, tout proche, et se perdit en échos à la surface des ondes éblouissantes qui couraient entre les tentes.

Quand le soleil desserra un peu son implacable étreinte, livrant l'ombre des tentes à la nonchalance de l'après-midi, le responsable d'ESPOIR s'adressa aux notables présents :

— Je tiens tout d'abord à vous remercier pour votre hospitalité. C'est pour nous un motif de grande satisfaction que de commencer notre campagne cette année par les enfants de votre campement. Le début de notre combat en faveur de la scolarisation des enfants nomades en français remonte au siècle passé, mais ce n'est que vers la fin des années trente que nous avons initié notre programme ESPOIR FRANÇAIS NOMADE, pour la sauvegarde de la langue française en danger. Le français figurait, depuis plusieurs années déjà, dans l'Atlas UNESCO des langues en danger dans le monde et les enfants ne l'apprenaient plus comme langue maternelle à la maison. Cet ambitieux projet vise à sauvegarder le français, menacé de disparition, dans la mémoire des enfants nomades mauritaniens, loin de la voracité de la langue hégémonique.

À la suite du responsable d'ESPOIR, le Directeur de la Sauvegarde de la langue française rappela les efforts du Gouvernement pour la sauvegarde de cette langue en danger et loua l'intelligence des enfants nomades, qui sont " le meilleur réceptacle pour ce dépôt sacré", avant de donner la parole au représentant de l'UNESCO :

— Je suis venu pour vous transmettre les compliments du Directeur Général, vous qui avez mis ce que vous avez de plus cher, vos propres enfants, au service des idéaux de l'UNESCO. Votre action donne une résonance particulière au travail et à la mission de l'UNESCO. Vous vous êtes engagés et avez généreusement accepté de mettre le talent de vos enfants et leur mémoire au service de la sauvegarde d'une langue en danger, le français, sans lui tenir rigueur de son passé de langue du colonisateur. Par votre participation à la sauvegarde du français, vous apportez une contribution très importante à la diffusion des objectifs de l'UNESCO dans l'un de ses champs de compétence les plus importants : la sauvegarde des langues en danger.

» ESPOIR FRANÇAIS NOMADE est affilié au Programme des langues en danger de l'UNESCO, qui le classe parmi les meilleurs exemples de projets de sauvegarde des langues. Il figure dans son Registre des bonnes pratiques de sauvegarde des langues. La perte des langues se fait au détriment du rapport que l'humanité entretient avec la biodiversité, car elles véhiculent de nombreuses connaissances sur la nature et l'univers. La disparition d'une langue aboutit à la disparition de nombreuses formes de patrimoine culturel immatériel, en particulier du précieux héritage que constituent les traditions et les expressions orales – des poèmes et légendes jusqu'aux proverbes et aux plaisanteries – de la communauté qui la parlait. Les données concernant les langues sont inquiétantes : sur les quelques 6.700 langues qui existaient dans le monde au début du siècle, plus de 6.200 se sont éteintes au cours des trois dernières décennies, 129 sont en situation critique, 142 sérieusement en danger, 132 en danger et 97 vulnérables. Si rien n'est fait, 99 % des langues vont probablement disparaître au cours de ce siècle.

Le maître de français quant à lui fut bref :
— Je vais faire de vos enfants en cette après-midi des artistes, des philosophes, des scientifiques… En un clin d'œil, je leur apprendrai tout le savoir de l'humanité, je les ferai entrer dans la dimension du génial, j'ouvrirai leurs esprits éclairés

aux domaines des possibles. Grâce au téléchargement direct et instantané des fichiers "Français" dans leur mémoire, vos enfants n'auront plus besoin d'aller à l'école, enfin ! La salle de téléchargement se trouve dans la cabine centrale, j'y monte tout de suite. Envoyez les enfants un par un.

Un premier enfant monta dans le cruiser. Sa tête était rasée, sauf la frange et la crête bouclée. Sur son visage charmant, on pouvait lire le sérieux de ceux qui veulent apprendre, mais surtout une grande peur. Il grelottait. Le portier en images de synthèse sur le petit écran au-dessus de la porte annonça :

— K1- NG- MII ! Mémoire SDRAM DDR. Capacité 75 Go!

« Mais, espèce de petit portier électronique de mes deux, c'est quoi cette manière d'annoncer les gens ? s'indigna le Narrateur. C'est quand même un enfant, pas un ordinateur ! »
La pièce à parois métalliques était couverte d'écrans et de miroirs. Le maître de français débarrassa l'enfant des vêtements qu'il portait et lui enfila une combinaison polaire en matière intissée. Il le fit asseoir sous un casque dans lequel il plaça sa tête, l'équipa de stimulateurs auditifs et tactiles et abaissa un écran en face, dans son champ de vision, avant de s'asseoir un peu de biais. Des écrans affichaient des images anatomiques qui permettaient au maître de se localiser dans les différents plans de coupe et de repérer les grandes régions cérébrales (lobe occipital, temporal, frontal, pariétal) ainsi que les principales structures cérébrales (Hémisphères, cervelet, cortex cérébral, substance grise, substance blanche, corps calleux, hippocampe…) et de décrypter les ondes émises par les neurones.

Les enregistrements donnaient des informations quasiment synchrones de la réaction du cerveau de l'enfant au stimulus.

Le maître commandait l'ordinateur par la pensée. Et moi, narrateur omniscient – sachant tout et ne pouvant rien vous cacher, chers lecteurs – je lisais dans ses pensées. L'ordinateur analysait les ondes et les transcrivait en mots ou en images, passait au crible les vibrations neuronales et les signaux du cerveau, mesurait les pensées conscientes, le taux de concentration, mais aussi détectait toutes les expressions du visage, et même les émotions, en temps réel. Le maître pouvait voir le cerveau de son élève penser, fonctionner ou défaillir…

Ensuite, le maître supprima entièrement tout ce que contenait la mémoire de l'enfant, en veillant à tout sauvegarder. Il soumettait l'enfant à une réincarnation artificielle par transfert de son esprit numérisé dans l'ordinateur, avant d'effectuer le transfert de l'information numérisée vers le cerveau après son formatage, nécessaire pour pouvoir repartir sur des bases saines. Puis le maître annihila la partie droite du cerveau, liée à la créativité, et stimula la partie gauche, pour augmenter la capacité de la mémoire vive. Il remplaça les bits du cerveau par des bits quantiques, ou qbit. L'avantage du cerveau quantique, c'est sa capacité de prendre un ensemble de valeurs très large et son pouvoir de traiter simultanément plusieurs cultures à la fois. Avec un cerveau quantique de 300 qbit, l'enfant sera capable de gérer environ 10^{90} informations différentes, soit plus que le nombre d'atomes dans l'univers observable. Il n'aura plus de limites en vitesse d'apprentissage ou en capacité mémoire.

Garlie, une fille de 16 ans, fut la dernière à être envoyée au maître de français. Son entrée embauma la cabine d'une agréable odeur de résine brûlée très spéciale. L'incorrigible portier électronique annonça :

— Q1- NF- MX ! Mémoire SDRAM DDR. Capacité 103 Go.

La nouvelle élève avançait à tout petits pas, en mouvant sa hanche droite et reculant sa hanche gauche, tout en donnant de légères secousses à sa croupe, savamment, mettant en valeur sa stéatopygie de vénus callipyge. Un voile léger agrémenté de motifs géométriques à couleurs multiples, où dominait le noir, s'enroulait autour de son corps plantureux. Le henné avait tissé une fine dentelle sur ses mains et ses pieds, les transformant en riches enluminures savamment ciselées. Elle frottait inlassablement ses dents avec un bâtonnet. Le maître porta le bout de sa langue sur les dents de la mâchoire inférieure, mit ses lèvres en forme de cœur et souffla un long sifflet d'admiration.

« Fais gaffe, maître de français lubrique ! Ceci peut te valoir un procès pour harcèlement sexuel sur mineure! » prévint le Narrateur, scandalisé par un tel laisser-aller. Pendant que le maître l'aidait à enfiler la combinaison, le voile glissa sur les épaules de Garlie, révélant la cascade de ses cheveux nattés parsemés de perles et le collier en cornaline sur sa poitrine nue. Elle enveloppa le maître d'un regard profond et, d'un geste vorace de ses petites mains souples et expressives chargées de bagues et de bracelets, réajusta l'enroulement du voile, le serrant étroitement autour de son visage couleur de datte mûre. « On peut dire qu'elle a réussi à se faire belle pour l'occasion. » Pensa le maître.

« Oh non ! Détrompe-toi mooossieur ! » Apostropha le Narrateur, reprenant son personnage, pour ne pas laisser berner le lecteur. Si Garlie est si en beauté, chers lecteurs, ce n'est certainement pas pour la leçon de français, mais c'est parce que le mariage de sa cousine Maïmouna a été célébré juste hier. Ces derniers temps, Maïmouna avait réussi à grossir. Elle n'engraissait pas, elle gonflait littéralement. Les hommes du campement n'avaient plus d'yeux que pour elle, délaissant Garlie qui était pourtant beaucoup plus belle, mais avait le défaut d'être moins grosse. Pourtant sa mère avait tout essayé pour l'engraisser : pendant des mois, elle lui mettait le *zayar* (étau) au pied et la gavait. Elle lui servait au petit déjeuner des boulettes de bosse de chameau, arrosées d'une calebasse remplie de lait. Au déjeuner, elle la gorgeait de pain sec écrasé avec des arachides et de la bouillie, accompagnés encore de lait. Elle devait ensuite boire une calebasse remplie de lait caillé. Au dîner, elle lui donnait de la semoule mélangée avec du lait toujours, après laquelle elle devait ingurgiter encore et toujours six à sept litres de lait. Et au milieu de la nuit, elle la réveillait pour boire encore quelques autres litres.

Des fois, incapable d'avaler, Garlie restait la bouche trempée dans la lourde calebasse remplie de lait, qu'elle avait de la peine à tenir entre les mains, mais dont elle ne pouvait pas se débarrasser sous le regard sévère de sa mère qui lui tenait le pied entre les menottes du *zayar*, qui pouvait se refermer à chaque instant. Pour éviter cette torture, elle faisait semblant de boire le lait, mais en réalité ne faisait qu'y tremper sa bouche. Mais à chaque fois elle sentait son pied broyé entre les mâchoires du *zayar* et éprouvait une douleur atroce, comme une bête sauvage prise dans un piège cruel. "Alors Garlie ! Tu penses donc pouvoir me berner ? Vas-tu me faire passer une nuit blanche parce que tu refuses de boire ton lait!" criait sa mère en serrant encore plus. Elle étouffait un cri et faillait lâcher la calebasse. Le lait dégoulinait de sa bouche et de son menton sur sa gorge et sur sa poitrine, faisant des traînées blanches sur son voile de guinée. "Je t'en supplie, maman, laisse-moi respirer un peu, rien qu'un petit moment, tu sais bien que j'en suis à ma septième calebasse. Je sens que je vais vomir si je continue à boire". "Bois donc et tais-toi !

Tant pis si tu vomis !", disait la mère d'un ton sans réplique, en lui pinçant douloureusement la cuisse. Alors elle replongeait sa bouche ouverte dans le lait et s'efforçait d'en avaler un maximum, espérant sentir l'étau se desserrer sur ton pied.

Hier, Garlie était venue trouver sa cousine en pleurant :

— Maïmouna, je t'en supplie ! Ne me laisse pas user la natte de la tente de mes parents jusqu'à devenir vieille fille ! Aie pitié de moi, révèle-moi ton secret !

— Ma pauvre chérie, tu sais bien que le proverbe dit: "la femme occupe dans le cœur de l'homme l'espace qu'elle occupe dans son lit." Si tu veux grossir rapidement comme moi, prends Dreg-dreg…

— Dreg-dreg ?

— Oui, Dreg-dreg, la pilule pour grossir. On l'a nommée ainsi à cause du rythme cardiaque des hommes qui s'accélère lorsqu'ils sont en présence de la femme qui la prend.

— Cousine ! Peux-tu m'en donner ?

— Non, malheureusement ! Je viens de terminer la seule boite que j'avais.

— Donne-la-moi, mon père me ramènera une pareille quand il partira à Atar.

Ne sachant pas lire, Garlie s'était contentée d'observer longuement la boite vide du remède miracle. Les gros motifs en noir, en évidence sur la boite, dominaient des pictogrammes de couleur jaune, orange et rouge. Un cadre rouge était tracé en évidence sous les pictogrammes. De multiples autres tracés figuraient sur toute la surface. Elle finit par enfermer la boite dans son coffret à bijoux.

Quand enfin Garlie sortit de la cabine, l'heure de son cerveau quantique indiquait 00H15. Tout le campement et ses environs étaient inondés par la lumière crue des projecteurs du cruiser, comme si mille soleils s'étaient levés en cette nuit. Les bêtes ne tenaient pas en place et mugissaient peureusement. Les chameaux repliaient leurs oreilles et regardaient avec leurs gros yeux luisants, effarés. Après cette restructuration psychique, Garlie s'est retrouvée aimer la langue française, qu'elle associait pourtant au colonisateur, le pire ennemi. Mais ce qui la turlupinait plus que toute autre chose, c'était ce petit bonhomme, affublé d'une redingote et d'un béret, tenant une sempiternelle baguette de pain sous le bras et un litre de rouge dans la main, qui trottinait dans son cerveau. Toute la culture française, vivante et morte – comme le chat à la fois mort et vivant de la physique quantique – est venue s'aligner dans son cerveau, sur une même ligne bien droite. Tout le savoir en français est venu s'entasser dans une sorte de petit hublot circulaire et transparent, situé juste en face d'elle, simple évidence où sont venues s'accumuler toutes les connaissances. Le passé, le présent et le futur sont venus se fondre dans un même instant. Le formatage a jeté sa lumière implacable dans tous les recoins de sa conscience, mettant à nu tous les savoirs. Garlie découvrait brusquement le sens de chaque mot, de chaque domaine de la connaissance. Plus rien ne lui échappait des êtres et des choses. Elle désirait désormais des territoires étranges et avait la capacité de voir ce qui, justement, n'était pas visible. Mais, sous l'effet de tous ces téléchargements dans son cerveau, elle ne retrouvait plus son moi. Sa conscience était devenue un véritable champ de bataille où les esprits s'affrontaient pour en prendre possession. Elle ne savait plus où donner de la tête. Schizophrénie, la cohabitation entre cultures n'était pas encore au point !

Sous la tente de ses parents, la lumière crue n'avait épargné aucun recoin. Impossible de se changer. Elle se débarrassa de

ses bijoux et ouvrit son coffret pour les ranger. Et, oh surprise !
Ce que Maïmouna appelle "Dreg-dreg" c'est de l'Acétate de
mélengestrol, une hormone qu'on ajoute aux rations pour
génisses d'engraissement, afin de supprimer le cycle œstral et
d'améliorer l'indice de conversion et le taux de gain. La notice
sur la boite précisait qu'on ne devait pas l'utiliser dans les
rations pour animaux reproducteurs. L'utilisation de ce produit
vétérinaire par les êtres humains provoque des maladies
cardio-vasculaires, l'insuffisance rénale, l'arthrose, l'apnée du
sommeil, le diabète, l'hypertension artérielle, les hémorragies
et entraîne finalement la mort. « Pauvre Maïmouna ! Si
seulement elle savait lire ! »

FIN

La Terre sans la Lune

Un corps céleste quatre fois plus grand que la Lune s'approchait de la Terre. Il fonçait droit sur notre planète, à une vitesse relative d'environ 40 000 km à l'heure. Le risque de collision était certain. Son classement au niveau 10 sur l'échelle de Turin indiquait qu'il provoquerait un désastre à l'échelle planétaire. La collision serait si puissante que l'orbite de la Terre en serait déviée. La rencontre serait apocalyptique.

Pendant longtemps, le Gouvernement mondial avait cherché le meilleur moyen de protéger la Terre d'une telle collision. Les débats étaient transmis en direct dans les cerveaux de toutes les citoyennes du monde. Les expertes défilaient devant le cabinet de crise, présentant chacune sa solution, de la plus crédible à la plus folle. Finalement, on décida de faire exploser à proximité du corps céleste une charge nucléaire suffisamment forte, afin que l'onde de choc causée par l'explosion le fasse dévier. Mais comment trouver une bombe atomique dont l'explosion produirait un effet de souffle suffisamment puissant pour dévier de sa trajectoire un corps céleste si gigantesque ? C'est alors que la Présidente eut cette idée salvatrice :

« Notre planète fait face à un autre terrible danger, représenté par les centaines de milliers d'armes nucléaires, produits de la folie des hommes durant l'époque détestable du pouvoir masculin. La détonation d'une seule de ces armes par accident engendrerait des conséquences catastrophiques, dont la Terre ne pourrait se remettre. La menace qui pèse aujourd'hui sur notre planète nous offre l'occasion de nous débarrasser de l'armement nucléaire, de ne plus vivre avec la menace de ces armes de destruction massive. Débarrassons-nous aussi par la même occasion des déchets toxiques et de tous les produits dangereux. Construisons assez de vaisseaux gros porteurs, ramassons tout l'arsenal nucléaire mondial et transportons-le à une distance idoine de la menace. L'explosion produira un souffle suffisamment puissant pour lui faire prendre une nouvelle trajectoire. Nous aurons fait d'une seule pierre deux coups : débarrasser notre planète de la menace nucléaire et la protéger de l'impact géant ! »

En deux ans, les vaisseaux étaient prêts, mais la collecte du nucléaire mondial demanda un temps plus long que prévu. Quand la planète errante fut visible dans le ciel, comme une étoile brillante et grossissant de plus en plus, la mission de déviation put enfin être lancée. Chaque vaisseau avait sa directrice de vol. Il y avait des centaines d'équipes qui assuraient le suivi de la mission, trois équipes se succédaient sur les postes toutes les neuf heures. Elles étaient consignées pour toute la durée de la mission. Chaque directrice de vol choisissait sa propre couleur, qui devenait son symbole. La couleur choisie par Saphodésiresse était le violet et son équipe de contrôleuses était désignée "Équipe Violette". La salle de contrôle du Centre spatial ne disposait d'aucune fenêtre. C'est là que se trouvaient les rangées de consoles pour surveiller et superviser les différents systèmes des vaisseaux et les opérations de la mission.

Saphodésiresse était l'une des directrices de vol. Elle était fière de participer à la mission de déviation et savait que c'était un moment singulier dans l'histoire de l'humanité. Elle dirigeait l'une des équipes de contrôle ; elle était responsable de toutes les opérations, de toutes les décisions prises pour mener à bien le vol de son vaisseau.

***

Ce soir-là, quand arriva la relève, Saphodésiresse avala sa pastille énergétique et descendit pour dormir. Elle se coucha sur le dos dans son lit, pensa fortement à Sherylbillie et entra dans les préliminaires. Elle était une pro des préliminaires. L'action pensée dans son cerveau devenait réelle ailleurs. Ce n'était pas un transfert unilatéral d'informations de son cerveau vers celui de sa partenaire, c'était une fusion mentale qui réalisait une symbiose des deux corps et des deux esprits. Saphodésiresse et Sherylbillie s'embrassaient maintenant partout et se faisaient de longs massages érotiques en prenant leur temps. Chacune parcourait tout le corps de sa partenaire pour tester ses réactions et trouver ce qui la faisait craquer.

***

Ce matin, les équipes étaient prêtes pour le lancement. La séquence de mise à feu commença, tous les moteurs étaient en marche et tous les vaisseaux décollèrent en même temps. Maintenant, ils avaient atteint leur rythme de croisière et naviguaient à une vitesse proche de celle de la lumière.

***

Après des années de navigation spatiale, les vaisseaux furent placés en orbite, à une distance idoine de la planète géante. La mise en feu provoqua une titanesque explosion en grappes, une série de flashs lumineux presque simultanés. L'explosion généra une onde de choc qui se propagea à plus de 10000 km/h, dans un rayon de plusieurs milliers de kilomètres autour du point d'impact. L'effet de souffle engendré par l'embrasement nucléaire balaya littéralement la planète géante, déviant son orbite d'environ 978000 km.

***

Saphodésiresse se préparait à quitter le Centre au terme de sa très longue consigne. En sortant, elle passa devant un service de boissons, s'arrêta devant l'une des machines et commanda mentalement un cocktail taurine-maltodextrine-inositol-carnitine-ginkgo biloba. La machine lui délivra un liquide ocre dans un gobelet transparent fermé. Elle le prit avec une paille qu'elle inséra dans les croisillons du couvercle et sortit du Centre spatial en sirotant son cocktail.

Il ne pleuvait pas cette nuit-là, il tombait des trombes d'eau. Le vent soufflait en rafales. Les feux de signalisation ondulaient comme les blés. Elle sentait le sol se secouer sous ses pieds. Des odeurs piquantes la suffoquaient et lui irritaient les yeux. Une quinte de toux la saisit. Elle s'empressa de remettre son masque. Elle s'engouffra dans une bouche de Skytran, posa sa main à plat sur l'écran d'identification de la rampe, en pensant à la destination vers laquelle elle souhaitait se rendre. Une voix monocorde, sans inflexions, annonça:
— Votre capsule sera là dans cinq secondes !

***

L'impact géant a été évité. Mais quand la planète géante arriva au niveau de la Terre, elle capta la Lune ! Celle-ci se mit à s'éloigner de la Terre de 40 000 km à l'heure. La Terre ne connut plus de saisons, elle se mit à tourner en six heures. Son axe se mit à osciller : elle changeait d'axe en permanence, comme Vénus. Les océans ne firent plus de vagues, les femmes n'arrivaient plus à procréer sans stimulation ovarienne et la météo devint complètement déchaînée. L'Antarctique se désertifiait, alors que les tropiques se recouvraient de glace. Des vents d'une vitesse inouïe et des cyclones gigantesques balayaient en permanence les quatre coins du globe. Pour survivre, la population mondiale dut se réfugier dans des villes souterraines ou émigrer vers d'autres planètes.

***

Dans ce monde dévasté, Saphodésiresse et Sherylbillie n'avaient pas renoncé à avoir leur fille. Elles s'étaient portées candidates pour le stage de stimulation ovarienne, pour préparer leur grossesse. Mais l'accord tardait à venir. Et le jour de la convocation, elles se rendirent au chapiteau monumental sous lequel se déroulait le stage. Là se trouvaient quelques milliers de femmes. Certaines se relaxaient, d'autres déroulaient le programme du stage, quand une clameur géante s'éleva :

« Lesbos ! Lesbos ! Lesbos ! »

La Gourou venait d'apparaître sur la scène. Elle portait une longue blouse blanche et avait des cheveux rouges attachés en queue de cheval haute. Quelques secondes lui suffirent pour se connecter aux cerveaux des participantes. « Aujourd'hui, sans la Lune, votre sang ne s'écoule plus ; vous ne parvenez plus à être enceintes, en raison d'une ovulation irrégulière ou absente. La lune créait des vagues sur la Terre comme en vous, elle interagissait avec les champs électromagnétiques de vos corps et affectait vos processus physiologiques internes. Les cycles au cours desquels la Lune tournait autour de la Terre et autour d'elle-même étaient de même durée que votre cycle hormonal. Votre cycle menstruel était conçu pour être synchro avec le cycle lunaire. Vous étiez programmées pour ovuler avec la pleine lune et saigner avec la lune noire. Mais vos ovules peuvent se développer sans la Lune, il suffit de les stimuler. La finalité du stage est de vous préparer à la grossesse, en stimulant vos ovaires.

» Levez-vous maintenant ! Concentrez-vous sur vos ovaires. Amenez l'énergie ovarienne à travers l'utérus jusqu'au périnée. Faites monter l'énergie dans la colonne vertébrale jusqu'au cerveau. Descendez-la maintenant jusqu'au nombril où elle sera mise en réserve. Continuez la descente vers votre grotte profonde… Vos ovaires écoutent désormais votre cœur. Massez vos seins, pour augmenter leur sensibilité. Maintenant nous allons mimer l'accouplement, pour stimuler votre fécondité et vous préparer au traitement hormonal.

» Prions ensemble pour le retour de la Lune. Répétez après moi. *Ô Lune toute puissante ne nous abandonne pas à nos misères, daigne écouter favorablement les vœux qu'on t'adresse en ce moment. Ô Lune revient ! Notre mère la Terre se meurt, consumée par le chagrin causé par ta perte ! Ô fille légitime de Théia et de notre mère la Terre, montre-nous que tu es notre sœur. Ô Lune, reine du ciel, nous te supplions du fond du cœur: Reviens vers ta mère, la Terre !* »
Après la stimulation ovarienne, Sherylbillie et Saphodésiresse se rendirent au centre d'insémination.

***

Un robot à la morphologie féminine les accueillit avec un large sourire, les mains et les bras ouverts dans un geste ample, signe d'accueil, d'invitation.

— Suivez-moi, la Gynécologue va vous recevoir tout de suite !

La Gynécologue, debout derrière un pupitre, tapotait les touches d'un clavier. Elle portait une combinaison immaculée et des bottes de la même couleur.

— Laquelle parmi vous sera inséminée ? demanda la Gynécologue, en promenant son regard de l'une à l'autre. Elle avait des caméras à la place des yeux.

— Moi ! répondit Saphodésiresse. Je porterai notre bébé durant les cinq premiers mois. Ensuite, l'embryon sera extrait de mon ventre pour être transplanté dans celui de Sherylbillie.

— Votre grossesse sera une parthénogenèse thélytoque qui aboutira à une fille cent pour cent parthénogénétique. Durant les cinq mois de votre grossesse, votre compagne suivra un traitement qui augmentera le volume de son utérus, pour le préparer à recevoir le bébé. Tenez, avalez ça ! C'est un antispasmodique pour relâcher l'utérus.

L'Androïde les installa sur les tables de gynécologie, les pieds dans les étriers. Elle désinfecta bien soigneusement les vulves, les vagins, plaça les champs stériles, mit en place les spéculums et introduisit les sondes d'échographie. Puis, la Gynécologue procéda à la ponction et au recueil des ovocytes des deux compagnes. Elle faisait passer une aiguille au travers du fond de chaque vagin, la dirigeait vers les ovaires et procédait à la ponction de chaque follicule vu à l'échographie. L'orientation des écrans permettait à chacune de suivre tout ça.

— Je mettrai en fécondation immédiatement après la ponction ovocytaire.

Elle revint avec un tube tout fin qu'elle fit passer au travers du col de l'utérus de Saphodésiresse, de manière à ce que l'extrémité débouche dans la cavité utérine. Elle appuya sur le piston à l'autre bout du tube, expulsant dans l'utérus la goutte qui contenait l'embryon. Sur les écrans apparut une tache dans la cavité. L'embryon était dans son nid !

— C'est fini ! Restez allongée un moment !

***

Aujourd'hui, c'est jour de visite au cimetière virtuel, pour se souvenir de leur chatte Kaya. Saphodésiresse et Sherylbillie s'assirent en tailleur, face à face, genoux contre genoux, mains contre mains et fermèrent les yeux.

— Notre pensée bondit joyeusement à travers la Toile, jusqu'à ton cimetière !

— Kaya, nous t'aimons tellement ! Tu existes toujours, dans la mesure où tu survis en nous !

— Ton tombeau nous renvoie à la vie. Tu vis toujours en nous. Nous ne pouvons t'oublier !

— La Terre est devenue invivable depuis que tu l'as quittée. La Lune l'a abandonnée !

— Sais-tu que notre fille a été conçue hier ? Je la porterai durant les cinq premiers mois, puis ce sera le tour de Sherylbillie.

— Comme nous aurions aimé te voir jouer avec notre petite fille !

— Nous t'offrons ce bouquet de dahlias pour te témoigner notre fidélité et t'exprimer notre souhait que tu sois heureuse dans l'autre monde !

***

Trois ans après le Capture et après des mois de vol dans l'espace, une flotte de tracteurs magnétiques put rejoindre la Lune dans sa nouvelle orbite. Chaque vaisseau transportait des boules contenant des tonnes de peinture et avait à son bord un aimant permanent fort qui, grâce à son champ rémanent et à son excitation coercitive très grande, était capable d'exercer une formidable force d'attraction sur tout matériau ferromagnétique.

Les vaisseaux orbitaient maintenant autour de l'astre fugueur, ex-compagnon de la Terre. L'altitude continua à se réduire, jusqu'à atteindre 0,9 km, distance à laquelle les bombes devaient être larguées. Maintenant, les caméras visualisaient les jets de fine poussière émis par la surface de la Lune. Une pluie de boules gigantesques en chute libre tombait maintenant sur le sol lunaire. Elles étaient lâchées en plusieurs vagues successives. À l'impact, elles explosaient, déposant sur toute la surface de la Lune une couche épaisse de peinture ferromagnétique, une peinture aimantée et dégradable, contenant des particules métalliques.

L'attraction magnétique s'exerça entre la Lune et les vaisseaux chargés d'aimants. Et quand les remorqueurs s'ébranlèrent en direction de la Terre, ils entrainèrent l'astre derrière eux, le détournant lentement de sa trajectoire.

FIN

L'Auteur et ses personnages

C'était en juillet 2036, par une belle nuit sans lune. Un concert de grillons montait du jardin, ambiance sonore de la nuit. Un hibou, qui a dû avaler de travers son mulot, lança un hululement étouffé, un autre lui répondit en poussant un cri doux et musical. J'étais restée seule dans la maison de campagne de mes parents, où j'étais venue en début de weekend avec un groupe d'amis. La maison résonnait encore du rire de mes copains, tous rentrés ce matin. Je me trouvais dans la cuisine. Brusquement, je fus inondée par une forte lumière, semblant venir d'une source située au-dessus de la maison. Un silence total régna. Inquiète, je sortis en courant voir ce que c'était. J'eus la chienne et lâchais un "ouac" : un immense cylindre, noyé dans ses lumières, descendait sur le champ voisin. Arrivé à environ un mètre au-dessus du sol il s'immobilisa et resta suspendu entre ciel et terre. Un géant en sortit, fit un bond sans toucher le sol et se retrouva en face de moi. Ses grands yeux, brillants et limpides, me jetèrent un regard chargé d'étincelles qui me figea sur place. J'étais en face d'un humanoïde d'une beauté extraordinaire, qui mesurait au moins trois mètres. «Viarge, qu'il est beau ! » Son visage serein ne portait aucun signe de fatigue, sa chevelure argentée tombait sur ses épaules. Il portait une combinaison grise scintillante, serrée à la taille par une large ceinture parsemée de points lumineux de différentes couleurs. Il pointa vers moi un objet qu'il tenait dans sa main. Je me retrouvai à l'intérieur d'une bulle, entre des murs courbes et transparents et quel ne fut mon effroi quand, m'appuyant sur la paroi, je vis mes mains s'y engloutir. Je voyais dans une perspective lointaine d'autres géants qui se déplaçaient à l'aise, sans toucher le sol. «Comment ont-ils réussi à arriver jusqu'ici sans être interceptés par les chasseurs de l'armée ? »

Le géant qui était descendu réapparut et s'approcha de moi. Il souriait, une profonde sérénité semblait l'habiter. En sa présence, j'étais redevenue comme une petite fille. J'étais plongée dans un océan d'amour et de joie.

« Notre vaisseau peut se rendre invisible et les radars ne peuvent pas le détecter. »

« Tiens, comme c'est bizarre ! Il lit mes pensées et me transmet les siennes, sans avoir besoin de parler ! »

« Nous n'avons pas besoin de la parole, nous maîtrisons les ondes de la pensée. Je m'appelle Moldak, je suis un humain comme toi, mais je viens d'une époque éloignée, je suis un habitant de ton futur. Je vis dans une ère dont l'avènement a eu lieu longtemps après la fin de la vôtre. Nous revenons dans le passé, dans votre présent, pour modifier le cours de l'Histoire. »

« Pourquoi me tenez-vous prisonnière dans votre foutue bulle ? »

« Rassure-toi ! Nous ne sommes pas de ces aliens prédateurs qui viennent parfois visiter votre planète. Mais nous devons te décontaminer. Je suis chargé de te contacter. Nous t'avons choisie pour te confier une mission de la plus haute importance. Nous savons que tu tiens comme nous à la sauvegarde de la langue française... »

« C'est une crisse de folie ! Comment des extraterrestres peuvent-ils s'intéresser à la sauvegarde de la langue française ? »

« N'en sois pas si étonnée. Nos ancêtres étaient des Canadiens français ; ils avaient émigré du Canada quand ils avaient senti que leur communauté était en voie d'extinction... Je suis un membre de la société NT (Les Nostalgiques de la Terre) qui agit sur le passé pour empêcher cela... »

« Arrête donc de chouenner ! L'histoire n'a jamais mentionné un tel événement ! »

« C'était il y a longtemps. La première migration avait eu lieu en 2050 de votre ère... »

« Il y a longtemps... En 2050 ? »

« Oui, par rapport à nous... »

« Et où sont-ils allés vos ancêtres, les premiers migrants ? »

« Leurs vaisseaux avaient erré longtemps d'une galaxie à l'autre, mais ils avaient fini par trouver une planète vierge. Ils la baptisèrent "Francophonie" et la colonisèrent... Mais ces événements sont tellement lointains que leur souvenir ne vit plus que par les mythes. Les résultats de nos campagnes de fouilles archéologiques ont montré que les écrivains sont en grande partie responsables de la situation qui a conduit à l'événement primordial. Ce qui nous a amenés à lancer notre programme PERSONNAGES, qui vise à maintenir le français dans sa place de langue d'écriture des écrivains québécois. Nous allons réincarner les personnages de leurs romans, pour les ramener sur le droit chemin de la francophonie ! Nous allons commencer par l'Auteur qui vient d'être consacré. Nous t'avons choisie comme Lectrice. Tu dois, avec ses personnages, le persuader de réécrire son roman en français...»

« Comment pouvez-vous réincarner les personnages des romans, alors que ce ne sont que des êtres numérisés sans consistance, vivant pour l'éternité leur existence virtuelle ? »

« C'est le cas à cause des lois propres à votre espace-temps. Mais dans notre dimension, toute fiction peut se réaliser. Les personnages que les auteurs enfermaient dans le domaine de la métaphore, du jeu de l'écriture, se réincarneront dans des corps pour devenir des entités réelles. Ils vivront d'une vie que tu ne soupçonnais pas. Tu verras comment ils seront proprement débogués et comment ils parleront tous - et avec l'accent québécois s'il te plait ! - la langue de Molière. L'Incarnateur téléchargera le roman à partir de ta mémoire...»

« C'est qui l'Incarnateur? »

« C'est notre super robot, une machine intelligente qui transfère les personnages du monde du roman au monde réel, en fabricant leurs avatars. Les personnages seront réincarnés dans des robots humanoïdes, des êtres vivants artificiels, produits à partir de cellules synthétiques biomimétiques, reprogrammées au niveau moléculaire. Les avatars seront dotés de pouvoirs extra-sensoriels et ignoreront la maladie et le vieillissement. Ils seront des sosies computationnels, avec un corps qui reproduit les traits du personnage et un cerveau qui encode ses caractères et génère une conscience biologique artificielle, hors de toute contrainte organique. Il y aura les personnages qui viennent du monde du roman, dont les portraits et les caractères seront codés pour fabriquer les avatars correspondants et les autres qui s'incarneront dans des avatars extrapolés, des créatures de la machine, qui n'ont pas d'équivalents réels, qui ne correspondent pas à des personnages individuels, mais sont les incarnations de groupes, d'associations ou de partis qui ont joué un rôle dans le roman. Les avatars seront féminins ou masculins selon le sexe du personnage qu'ils incarnent, androgynes s'ils incarnent des groupes. Ils produiront leur propre énergie par photosynthèse et seront connectés à l'Incarnateur qui les commandera et enregistrera tous leurs faits et gestes par le son et par l'image. Leur horloge biologique sera accélérée jusqu'à atteindre l'âge voulu, puis arrêtée pour la durée de leur vie, qui variera entre 15 et 45 jours… »

« Comment peuvent-ils avoir une vie aussi courte s'ils ne tombent jamais malades et s'ils ne vieillissent pas ? »

« Leur mort sera programmée. Au terme de leur durée de vie, ils se dématérialiseront définitivement. »

« Pourquoi leur longévité n'est-elle pas la même ? »

« Elle est fonction de leur rôle dans l'opération. Quand tu seras décontaminée, je te conduirai pour assister à la réincarnation.»

L'Incarnateur, entouré de nombreuses machines, trônait au centre d'une vaste salle, aux murs tapissés d'écrans.

« Bienvenue, la Lectrice ! Je télécharge le roman et je lance l'impression des avatars. »

Des caméras filmaient l'opération en temps réel. Sur les écrans, on pouvait voir les avatars se former peu à peu, avant de sortir tour à tour, habillés comme dans le roman ou comme à leur époque. Un portier en images de synthèse sur un grand écran les annonçait :

« Le Général, le Député, FCC, FLP, l'Indépendantiste, FJC, FCS, le Président, l'Elue, le Jeune… »

« L'habilleuse va maintenant leur mettre les combinaisons…»

« Quelles combinaisons ? »

« Ce sont les vêtements qui les rendront invisibles aux regards curieux.»

Une porte coulissa sur un point du mur, révélant des étagères vides.

« Tu ne les vois pas, mais elles sont bien là. L'Auteur sera demain à Montréal, au musée du Livre francophone, pour une séance de dédicace. Tu vas l'enlever pour l'amener ici. Les personnages lui présenteront leur pétition. Tu auras à suivre la progression du manuscrit français. Tu prendras avec toi ton avatar... »

« Mon avatar ? »

« Oui, l'Incarnateur t'a simulée. Ton avatar sera une réplique de ta personne, elle aura un cerveau et une personnalité identiques aux tiens. Mais son corps corrigera les défauts du tien, il reproduira tes traits en les perfectionnant. Elle sera d'une beauté parfaite. Son corps aura la capacité de se remodeler. Elle sera une angélique blonde le lundi, une flamboyante rousse le mardi, une brune café au lait le mercredi, une châtaine dorée le jeudi, une brune au bronzage doré le vendredi, brune classique, noisette les dimanche et samedi ; bref : elle sera multiple et unique. Ton avatar sera tellement belle que personne ne pourra lui résister. Elle mènera l'Auteur par le bout du nez, tu verras. Je suivrai le déroulement de l'opération.»

« Quel sera notre moyen de contact ? »

« Nos cerveaux resteront connectés, je continuerai à lire vos pensées et je vous transmettrai les miennes. Les avatars vont te suivre dans la maison pour attendre l'Auteur, quant à moi j'apparaîtrai régulièrement jusqu'à l'achèvement du manuscrit. Voici le texte de la pétition des personnages, tu auras à recueillir les signatures.»

Lorsque je me suis retrouvée dans la maison, entourée de mes hôtes, je fus étonnée de constater qu'à peine une heure s'était écoulée.

Le lendemain, je partis avec mon avatar chercher l'Auteur au musée. Nous montâmes dans l'aéromobile. M'étant rendue invisible je lui laissai le volant. Les couloirs aériens de la *shareway* 640 Est étaient fermés, mais la circulation resta fluide sur les huit voies. À la sortie de l'autoroute 15 Sud, mon avatar mit le véhicule en mode automatisé, dicta l'adresse du musée au GPS et se mit à lécher les vitrines des magasins Dix-30. On traversa le couloir aérien du boulevard Décarie, jusqu'à la rue Van Horne, pour prendre à droite et suivre Van Horne jusqu'au boulevard Cavendish. L'aéromobile se dirigea ensuite vers Cavendish Nord, arriva au n^0 5851 et se gara dans le parking du musée.

Quand mon avatar fit son entrée dans le hall, spécialement aménagé pour la séance de dédicace, une clameur admirative s'éleva. Deux longues files étaient déjà formées, mais à son approche, les gens s'écartaient pour lui laisser le passage. Arrivée devant l'Auteur, elle se présenta ;

— Mlle Jocelyne Dion, membre du Club Ducharme des lectrices francophones !

Et pendant que l'Auteur, de sa main tremblante d'émotion, dirigeait vers son front son stylo laser, tentant de dessiner la figure compliquée de sa signature, elle lui enjoignit de sa voix merveilleuse, pleine de sous-entendus :

— Suivez-moi !

Il la suivit dans le parking et quand ils montèrent, j'appuyai le canon de mon arme sur sa nuque :

— Reste où tu es, laisse-toi conduire !

— Fais attention à toi, l'Auteur ! Lui dit l'ange au volant. Tu as l'arme de la Lectrice francophone sur ta nuque. Je te préviens, elle a la gâchette facile et t'en veut à mort pour lui avoir choisi les lectrices anglophones !

Arrivés sur le seuil de la porte de la pièce où attendaient les avatars, je criai à leur adresse :

65

— L'Auteur ! Bas les combinaisons, alignez-vous pour les présentations…

— Présentations…?

— Entre donc, tu verras par toi-même ! Je te présente tes personnages. Serrez la main à votre auteur, c'est une occasion qui ne se présente pas tous les jours ! Le Général, le Député, FLP …

— Qui est cet énergumène ? Il n'y a personne de ce nom dans mon roman…

— C'est l'avatar qui incarne l'aile radicale qui a quitté le Rassemblement pour l'indépendance nationale et fondé le Front de libération populaire. L'Indépendantiste, FJC, FCS, le Président, l'Elue, le Jeune, FTQ, FSN, UCC, CVFA, AEQ, CIIQ, ACELF, CEE et enfin notre merveilleuse petite dernière, mon avatar. Mon Général, veuillez lire devant l'Auteur la pétition que lui adressent ses personnages !

— A vos ordres ma Lectrice ! Nous, personnages de *The revolution was not quiet*, réunis en assemblée générale extraordinaire à Oka, dans le vaisseau des extraterrestres, exprimons notre attachement à la langue française et engageons l'Auteur à s'atteler immédiatement à la réécriture du roman en français et à renoncer à son choix de la langue anglaise comme langue d'écriture. Oka, le 30/07/2036. Vive le Québec libre !

J'ajoutai :

— Tu es désormais en résidence d'écriture. Tu as un mois pour réécrire le roman en français ! Ah le veinard! Avoir cette vue imprenable du parc d'Oka, tu ne manqueras pas d'inspiration ici...

— Comment pouvez-vous avoir une vue du parc d'Oka alors qu'il n'existe plus depuis 10 ans ?

— Le verre des vitres est spécial, il conserve les vues longtemps après leur disparition. La maison était là avant que le parc ne soit déclassé… Quel écrivain ne rêverait pas d'avoir comme résidence d'écriture cette magnifique villa dotée de tout le confort et entourée de centaines d'arbres. Sacré type, va! Inutile de penser à t'évader, si tu ne vois plus les avatars, sache pourtant qu'ils sont bien là et qu'ils t'ont à l'œil vingt-quatre heures sur vingt-quatre, ils n'ont pas eux nos contraintes organiques. En outre, le vaisseau des extraterrestres te surveille.

« Des avatars, des extraterrestres, pensa l'Auteur. Mais qu'est-ce qui m'arrive donc ? Calmos, calmos, remettons ce beau monde à sa place ! »

— Pour un complot, on peut dire que c'en est un ! Comment osez-vous m'adresser une pétition ? C'est inacceptable ! Vous vous arrogez des droits que vous n'avez pas ! Vous sortez de votre rôle et vous empiétez sur le mien ! Croyez-vous pouvoir me dessaisir de mes prérogatives ? Vous qui n'êtes que des êtres de papier vivant pour l'éternité leurs existences virtuelles entre les pages jaunies des livres ! Et d'ailleurs comment avez-vous réussi à vous échapper des pages du roman ?

— Traître à la langue française !

— Lectrice, laisse-moi le transformer en bouillie ! cria FLP d'une voix enragée.

— Du calme, du calme ! Pensez à la version française!

L'Auteur ne comprenait pas les raisons de cette révolte qui grondait dans les rangs de ses troupes. Il ne désarma pas, mais décida d'adopter un ton plus conciliant :

— Mes lectrices, mes personnages, souvenez-vous de ce que disait Roland Barthe : « Le vieux mythe biblique se retourne : le texte de plaisir, c'est Babel heureuse ! » Pourquoi voulez-vous me maintenir dans le ghetto des écrivains francophones ? Vous savez parfaitement qu'il n'est plus possible d'écrire en français au Canada. Les écrivains québécois qui comptent sont tous reconvertis aujourd'hui à l'anglais, tout le monde ayant compris que c'est la langue d'écriture des bons livres. Et d'ailleurs Proust n'a-t-il pas dit que « les beaux livres sont écrits dans une sorte de langue étrangère. » C'est en anglais que les écrivains québécois peuvent réussir leurs carrières. Et puis, de toute façon, les statuts de l'Union des écrivains stipulent que tout auteur qui revient à l'écriture en français s'expose à l'exclusion. Si vous tenez tant à la version française, pourquoi ne pas recourir aux services d'un traducteur, je suis même disposé à payer la facture...

— Non, pas question ! Tu dois revenir à l'écriture en français.

— Notre magnifique langue française doit continuer à briller dans nos livres !

L'Auteur, qui a fini par se résoudre à réécrire le roman en français, m'annonça :

— Je vais commencer par un avant-propos et un prologue qui ne figurent pas dans le texte anglais.

— Est-ce utile ?

— Oui, je pense. Je vais raconter aux lecteurs francophones comment j'ai appris la sélection de mon roman plusieurs mois avant l'annonce officielle et comment j'ai reçu la pétition des personnages. Je parlerai aussi de certains aspects concernant l'auto-traduction et le bilinguisme d'écriture...

— Tu as raison, ce sera un plus pour la version française. Au fait, de quoi parles-tu dans ton roman ? Je le récite maintenant par cœur, mais je n'en comprends pas un seul mot !

— Comment cela ? Une Québécoise qui n'est pas bilingue ! N'as-tu pas été rééduquée ?

— Non, j'ai objecté !

La révolution n'a pas été tranquille

Avant-propos

La révolution n'a pas été tranquille fut d'abord écrit en anglais, pour lequel j'avais opté comme seule langue d'écriture. Mais, à la suite de ma consécration comme écrivain anglophone, la Lectrice et les personnages m'ont demandé de réécrire le roman en français. Mon choix de l'anglais comme langue d'écriture a été dicté par le recul du lectorat francophone. Désormais, j'écrirai tous mes romans en anglais d'abord, pour ensuite les réécrire en français.

Mon écriture bilingue sera donc écriture en langue étrangère seconde, l'anglais, première langue d'écriture, puis réécriture du texte en français, langue maternelle, deuxième langue d'écriture et langue étrangère première, si l'on considère que la langue maternelle est la première langue étrangère qu'on apprend. En effet, que j'écrive en anglais ou en français, je me réfère toujours à un pré langage que je traduis et dont je tire la langue qui me permet d'exprimer ma pensée.

Prologue

Quand, ce matin-là, j'ouvris ma boite, je découvris ce mail inattendu :

"De : l'Auteur@moi-futur.org
À : l'Auteur @moi-passé.org
Objet: [RMF] Reading for all. 2036.
Date : Ma, 11 septembre 2035, 00 :38:21 +0010
Mid:32052187397560.GTC02@l'Auteur.nb833.futurMoipassé.net
Références:16170473692.98351.l'Auteur@mpbpk.com
Importance : Haute

Cher moi passé,

Je m'écris ce mail pour m'annoncer que mon roman *The revolution was not quiet* a été sélectionné parmi les cinq livres finalistes du prochain numéro de "***Reading for all***". Je m'adresse mes plus chaleureuses félicitations. Depuis que je m'étais converti à l'écriture en anglais, mes succès en librairie étaient restés modestes. Le chiffre du tirage de mes romans n'a jamais dépassé la barre des 5000 exemplaires. Si mon roman est couronné, le tirage électronique pourra grimper jusqu'à atteindre le chiffre de 43.8 millions. Mais les francophones digéreront mal ce succès d'un écrivain québécois qui a renoncé à la langue française et réclameront la réécriture du roman dans la langue de Molière !"

« Comme c'est bizarre ! Comment mon éditeur ne m'a-t-il pas déjà annoncé la nouvelle ? »
— Allo, Marion, comment se fait-il que tu ne m'aies pas informé au sujet de ***Reading for all*** ?
— Qu'est-ce qu'il y a à propos de ***Reading for all*** ?
— N'ont-ils pas sélectionné mon roman ?
— Comment puis-je le savoir alors que les titres sélectionnés ne seront connus qu'en octobre ?
— Pourtant j'ai reçu ce matin un mail qui m'annonce la nouvelle…
— C'est certainement un hoax !

Mais quand l'annonce de l'émission tomba, elle donna raison à moi futur : "Du 10 au 14 mars 2036, CTVBooks présentera une édition anniversaire de l'émission ***Reading for all***. La nouvelle formule de l'émission consiste à choisir un livre qui sera téléchargé dans les cerveaux de tous les Canadiens et monté en spectacle grandeur réelle. *The revolution was not quiet*, l'un des cinq livres finalistes, a été écrit par l'Auteur, un écrivain québécois reconverti à l'écriture en anglais. Les autres titres sélectionnés sont : *Rain and snow* de George Campbell, *birds* de Barbara Horwath, *Avida* de Paula Hagerman et *love* de Ronald Mullins. "

Au terme des éliminatoires, les jurés m'ont couronné. Le communiqué disait : "La structure narrative de *The revolution was not quiet* se distingue par son originalité. Le roman évoque une période cruciale de l'histoire du Canada, celle des années soixante où le nationalisme a connu un grand essor. C'est à cette époque que naît le Rassemblement pour l'indépendance nationale et que le Front de libération du Québec et l'Armée de libération du Québec exécutent leurs premiers attentats à la bombe. Durant sa visite à l'occasion de l'exposition de 1967, le général de Gaulle lance son célèbre "Vive le Québec libre". L'Auteur a choisi cette période pour en faire le point d'altération qui permet d'imaginer une Histoire alternative : le 28 novembre 1963, André Fontaine fonde le Front pour l'indépendance nationale qui remportera les élections législatives de 1966. Le 23 novembre 1967, les députés indépendantistes majoritaires à l'Assemblée votent une résolution convoquant les États généraux du Canada français. À la suite de leur convocation par le Parlement, les États généraux se déplacent de la Place des Arts pour se réunir au siège de l'Assemblée. La nouvelle institution collégiale se fixe comme tâche la rédaction et l'adoption d'un texte fondamental d'organisation des pouvoirs publics du Québec, proclame l'autonomie interne de la province, dans un cadre de co-souveraineté et vote une série de lois garantissant les droits des Canadiens français. Il n'est pas nécessaire de disposer d'une culture historique trop grande pour pouvoir s'intéresser à ce récit."

Après la rédaction de l'avant-propos et du prologue, le manuscrit n'a pas beaucoup avancé et l'Auteur a commencé à faire preuve de mauvaise volonté. Les avatars se dématérialisaient l'un après l'autre. Quand Moldak réapparut, mon avatar, les yeux inondés de larmes de joie, se jeta sur lui et se mit à escalader son corps, l'embrassant de partout, poussant des petits cris étouffés.

« C'est quoi les messages incompréhensibles que tu me transmettais ces derniers jours ? »

« Ce sont des poèmes d'amour à ta gloire... »

« Des poèmes d'amour ? »

« Oui, c'est pour te dire combien je t'aime ! Avez-vous des poètes à Francophonie ? »

« Non, mais les traditions orales parlent de créatures mythologiques appelées "poètes" qui avaient le pouvoir de transmuer le réel ? »

Quand mon avatar laissa un peu de répit à Moldak, je lui fis part de mes observations sur l'Indépendantiste:

« Tu sais, il est vraiment bizarre, il n'est pas comme les autres avatars. J'ai commencé à me poser des questions à son sujet, quand l'autre jour il me prit la main et tomba à mes pieds en me suppliant : " Ô Lectrice ! Toi pour qui le roman n'a pas de secrets, dis-moi qui je suis. Que sais-tu de sûr au sujet du personnage que j'incarne ? Je cherche en vain la moindre certitude sur lui, mais quoi que j'examine tout se dissout dans la confusion et le doute !" Depuis je me suis mise à l'observer. Les avatars peuvent-ils éprouver des émotions ? »

« Quel genre d'émotions as-tu noté chez lui ? »

« Les mouvements de son visage, les trébuchements de sa voix expriment quelque chose comme l'amour. »

« Je vais le faire analyser par l'Incarnateur. »

Le rapport d'analyse de l'Indépendantiste a révélé l'infection du programme par le virus Amour et recommandé sa destruction et sa reconfiguration dans une version améliorée. Il fut dématérialisé et reconfiguré. La nouvelle version a repris les traits de l'ancienne, mais en corrigeant leurs défauts.

Quand Moldak me présenta le nouvel Indépendantiste, je capotai. J'eus la chair de poule et mon cœur battit la chamade. Je ressentis pour lui un amour fou.

«Ayoye ! Ma pauvre Lectrice. Que cela me fait mal ! Je crois malheureusement que tu as été contaminée par le virus qui l'infectait. Je te conseille de ne pas trop t'attacher à lui, il ne lui reste plus que deux semaines à vivre. »

« Moldak, je t'en supplie, ne me fais pas ça ! Je ne pourrai pas vivre sans lui ! »

« Le seul moyen de le sauver de son autodestruction programmée, c'est de le transférer dans le corps d'une personne du monde réel. L'Incarnateur peut effectuer une simulation informatique complète de son état cérébral et l'implanter dans un autre cerveau. L'état conscient du programme survivra dans le corps biologique de la personne infiltrée et les deux cerveaux mentalement unifiés formeront une seule et même personne. »

« Comme on a l'Auteur sous la main, il est cette personne toute désignée ! »

« L'Incarnateur va hacker son cerveau, sa mémoire autobiographique sera remplacée par celle de l'Indépendantiste. À l'issue du hackage, l'Auteur et son personnage auront fusionné dans une seule et même personne, le cerveau organique infiltré contiendra une copie parfaite du logiciel. L'Auteur ne se souviendra que de ce dont l'Indépendantiste aura fait l'expérience avant le transfert. »

« Qu'en sera-t-il des aspects oubliés du personnage, ses caractères que l'Incarnateur n'a pas repris dans la dernière version et du domaine d'oubli propre aux deux cerveaux ? »

« Rassure-toi ! L'oubli sera scanné et transféré avec les autres éléments du programme, de même qu'il sera préservé dans le cerveau infiltré. Les contenus de mémoire sont à la fois oubli et souvenir, ce sont des assemblées de neurones qui sont des états de vide. C'est leur activation, initiée par des stimulus extérieurs, qui mène à des états d'excitation neuronale permettant la remémoration du contenu de mémoire encodé dans les états de vide. L'identité personnelle nouvelle sera constituée à partir de tout le travail de souvenir et d'oubli du programme. »

« Est-ce que l'Indépendantiste restera conscient pendant le transfert ? »

« Il aura une sorte de conscience fragmentaire et fera des rêves de transition. Mais il ne saura pas si ces états mentaux ont été engendrés par son cerveau ou par celui de l'Indépendantiste ou s'ils sont le fait de consciences intermédiaires engendrées par le processus de transfert.»

« Sera-t-il capable de prendre en charge le manuscrit?»

« Il en sera bien capable ! Il sera un francophone monolingue et sera connecté au Nuage ; il pourra accéder à la totalité de ses données, quel que soit le format sémiotique de leur codification ou de leur présentation. Il sera un agent du cerveau global et pourra interagir de manière autonome avec l'info sphère où évoluent les consciences de toutes les personnes sur la Terre, les programmes des ordinateurs et les liens de communication qui les connectent ensemble. »

« Ne sera-t-il pas handicapé par son monolinguisme?»

« Non, car son cerveau sera capable de traduire toutes les langues… »

« Mais n'as-tu pas dit qu'il sera monolingue ? »

« Oui, mais sa capacité de traduction sera inhérente à son acte de langage, son pré langage. La grammaire universelle dont il sera doté comprendra toutes les langues du monde ; et c'est dans cette multi langue inconsciente qu'il puisera pour exprimer sa pensée monolingue. Il sera une Académie française et un tribunal du franglais à lui tout seul. Il aura la capacité de former de nouveaux mots français pour traduire n'importe quelle expression de toute autre langue et trouvera les néologismes qu'il faut pour remplacer tous les anglicismes.»

Ce matin, pendant qu'on était encore enlacés, l'Indépendantiste devenu l'Auteur s'adressa à moi en ces termes :

— Que ta manière de raconter est agréable, gracieuse, savoureuse et douce ! Mais maintenant que je suis devenu l'Auteur, raconter ne t'est plus permis.

— Je me tais alors et je te cède la parole pour la suite du récit.

— Ne faites donc pas cette mine déçue, chers lecteurs ! Vous verrez que tout ce qui a précédé n'est rien, comparé à ce que je vous raconterai. Ayant pris en charge le manuscrit français, je demandai à Moldak de me faire visiter l'époque des années 60, pour m'inspirer.

« Le passé est passé et la fiction est fiction. Cependant si tu en fais une condition pour la réalisation du manuscrit rien ne nous coûte de prolonger un peu notre voyage temporel. Je peux te la faire visiter ce soir même... »

« Visiter une décennie en une soirée ! Moldak, te moques-tu de moi ? »

« En réalité, ce sera pour beaucoup moins que ça ! "Ce soir" n'est qu'un référentiel pour situer notre voyage dans le temps terrestre, alors que notre vaisseau voyage dans le temps en navigant dans l'hyperespace à une vitesse supraluminique. Sans cette vitesse, nous n'aurions pas pu visiter la Terre. »

« Et comment pourrai-je supporter un voyage à une telle vitesse ? »

« Tu seras dématérialisé durant le voyage, tu ne seras rematérialisé que quand on aura quitté l'hyperespace pour revenir en 2036. »

« Mais si je suis dématérialisé, je ne pourrai pas m'imprégner de la réalité, pour pouvoir donner un effet de réel à mon récit. »

« Rassure-toi, l'Incarnateur simulera dans ton cerveau une représentation grandeur nature de la réalité qu'on aura traversée. »

« Comment cela ? »

« Pour t'en faire une idée pense un peu à ce qui se passe pendant l'agonie... »

« Quand le mourant revoit instantanément tout le cours de sa vie passée ? »

« Oui, mais pour toi ce sera plus que cela. Ce ne sera pas seulement ta vie que tu reverras, si tu as réellement déjà existé, mais l'histoire de toute une époque. »

« S'il faut que je sois dématérialisé durant le voyage, autant vous laisser le faire à ma place ! »

« Ta présence est nécessaire. Ta dématérialisation, engendrée par la rencontre de la matière et l'antimatière de ton corps, produira un rayonnement électromagnétique. Si ce rayonnement n'a pas pénétré la réalité traversée, ton cerveau ne sera pas compatible avec le programme de simulation. »

Quand Moldak annonça aux Lectrices qu'il allait me prendre dans son vaisseau pour une virée dans le Québec des années 60, elles sautèrent à nos cous, du moins la Lectrice au mien, quant à son avatar, elle se mit à escalader le corps de Moldak. Elles versaient des larmes et se répandaient en lamentations :

« Prends-moi avec toi ! Je ne peux vivre sans toi ! »

« Je t'aime, je t'ai dans le sang ! Que tu sois sur Francophonie ou sur Terre ! »

« Calmez-vous, calmez-vous ! Nous serons de retour avant demain matin. »

À l'issue du voyage dans le passé, je dis à Moldak :

« Torrieux, j'comprends rien ! J'ai mon voyage ! C'est incroyable ! Mais quel affabulateur cet Auteur, je n'ai donc jamais existé et la révolution a bien été tranquille ! »

« André Fontaine a bien existé et la révolution n'a pas été tranquille, mais cela a eu lieu dans un autre passé, dans un autre univers... »

« Pourquoi nous n'y sommes pas allés ? »

« Ce n'est pas notre monde. Dans cet univers, les Canadiens français n'ont pas émigré et ont fini par être assimilés. Par contre, c'est la minorité anglophone menacée qui a émigré...»

« Hein ? Qu'est-ce que tu dis ? »

« Oui, cela s'est passé en 2070 de cette ère. Le Canada était devenu une province des États-Unis d'Amérique et d'Asie. L'anglais figurait dans l'Atlas des langues en danger dans le monde et les enfants ne l'apprenaient plus comme langue maternelle à la maison. Les anglophones ont choisi d'émigrer pour échapper à la voracité de la langue hégémonique. »

« Et où sont-ils allés ? »

« Ils ont colonisé une planète dans la Galaxie du Têtard... »

« Maintenant que le roman a été démenti par la réalité, je propose d'imaginer une nouvelle fiction. J'ai même déjà une idée du titre que je vais lui donner : *L'Auteur et ses personnages.* »

Quand le Général se dématérialisa, la Lectrice hissa un drapeau en berne, porta le deuil pour trois jours et envoya un message de condoléances à l'Ambassadeur de France.

L'Ambassadeur transmit le message aux autorités canadiennes:

« L'Ambassade de France auprès du Canada présente ses compliments au Ministère des Relations extérieures des Affaires commerciales et du Développement durable et a l'honneur de l'informer du message suivant parvenu à l'Ambassade :

"À son Excellence Monsieur l'Ambassadeur de France au Canada,

En ces heures douloureuses, nous lectrices francophones, encore sous le choc de l'émotion causée par la dématérialisation de l'avatar dans lequel a été réincarné le général de Gaulle, exprimons notre immense chagrin et notre reconnaissance sans limites au Général pour son soutien à la lutte pour la souveraineté du Québec. Nous n'oublierons jamais son slogan, "Vive le Québec libre", lancé le 24 juillet 1967, du haut du balcon de l'hôtel de ville de Montréal. Tous les personnages du roman avaient leur patrie sous la main. De Gaulle, lui, rêvait d'un pays. Oka, le 19 août 2036. La Lectrice et son avatar."

La France condamne fermement la réincarnation du général de Gaulle et l'usurpation de son identité par une organisation de cybercriminels. La défense de l'image des défunts est un droit moral de la personnalité après son décès. La réincarnation de personnages historiques dans des avatars constitue une atteinte au respect dû à la mémoire des morts. Nous demandons aux Autorités canadiennes d'assurer l'intégrité de l'image du général de Gaulle et le respect de sa mémoire.

L'ambassade de France auprès du Canada saisit cette occasion pour renouveler au ministère des Relations extérieures, des Affaires commerciales et du Développement durable les assurances de sa haute considération. Ottawa, le 21 août 2036 »

La gendarmerie finit par découvrir le lieu de détention de l'Auteur. Quand son convoi s'ébranla, Moldak sonna l'alerte.

« Au vaisseau, les avatars ! J'entends les sirènes des voitures de la gendarmerie, elles sont encore loin, mais leurs GPS indiquent notre emplacement. Toi, l'Auteur Indépendantiste reste avec la Lectrice ! Remets-moi le manuscrit, il sera en sécurité ! Voilà ce que tu vas raconter à la gendarmerie : tu vas leur dire que tu t'es caché ici parce que tu voulais t'extraire de ton milieu habituel pour pouvoir achever ton manuscrit et que tu as amené avec toi la Lectrice pour le saisir. »

Je suivais la progression de la gendarmerie :

— La maison est en vue !

— Envoyez les mini drones !

— Prenez sur la droite ! Sur la droite !

— En avant, venez avec moi !

— En position ! Maintenez votre position !

— Va voir quelles sont leurs conditions.

Un haut-parleur cracha :

— Rendez-vous ! Vous êtes encerclés ! Notre négociateur va entrer en contact avec vous, il est désarmé, ne tirez pas sur lui !

Quand le négociateur arriva, il trouva la Lectrice dans mes bras.

— Quossé tu crisse ? On pensait que tu étais pris en otage !

— Il n'y a personne ici à part moi et ma dulcinée !

— Chef, les preneurs d'otages se sont volatilisés !

— Qu'est-ce qui a bien pu vous faire croire qu'il s'agit d'une prise d'otages ?

— C'est la conclusion de notre enquête lancée à la suite de ta disparition.

— Détrompez-vous ! Je m'étais tout simplement extrait de mon milieu habituel pour pouvoir terminer l'écriture d'un manuscrit qui me tient à cœur.

— Montre-moi ton autorisation !

79

— Je n'ai pas eu le temps de faire les formalités…

— Tu es donc en situation irrégulière ! En avant ! Suivez-moi ! Fouillez toute la maison !

— Comment ça, "fouillez toute la maison" ? Où est votre mandat ?

— Mon mandat est mon visage ! Et qui est cette jeune femme ?

— C'est ma dulcinée, ma muse et ma lectrice fidèle. Je l'ai prise avec moi pour me tenir compagnie et saisir le manuscrit français.

— Mais tu as bien dit : "le manuscrit français" ? Embarquez-moi ces francophones !

— Vous n'avez pas le droit de nous emmener, nous sommes Canadiens !

Le chef du commando sortit son arme et appuya le canon sur ma tempe.

— Maintenant, je te donne dix secondes ! Où est le manuscrit français ?

— Non ! Ne tirez pas ! Il était avec moi, mais quand l'Extraterrestre a senti votre arrivée, il s'en est saisi et a disparu avec ses avatars !

— Servez-vous d'elle !

— Laissez-là ! Je vous jure, j'ai dit la vérité, il l'a emporté !

La dulcinée, maintenant plaquée au sol par une armoire à glace qui lui tordait le bras, pleurait et criait en se débattant.

— Ah ! L'Auteur, au secours !

— Nooooooon ! Ma dulcinée ! Ne touchez pas à ma Lectrice !

— Il nous faut la vérité, tu parles ou on la descend ! Encore sept secondes !

Dans les locaux de la gendarmerie, je pus suivre à la télé un reportage sur mon arrestation. Ma photo s'affichait à côté de celle de la Lectrice :

— La gendarmerie est intervenue ce soir à Oka. L'opération visait à libérer l'Auteur, disparu depuis plusieurs semaines. Les maisons voisines ont été évacuées et un périmètre de sécurité a été mis en place. Les rues alentour ont été fermées à la circulation. Mais lorsque les unités d'élite ont pénétré dans la maison, elles sont tombées sur l'Auteur qui tenait une jeune femme dans ses bras. La prise d'otages semble avoir été écartée, il s'agit plutôt d'un délit de francophonie. L'Auteur et la jeune femme ont été écroués. Personne n'a été blessé dans l'intervention, a indiqué le porte-parole de la gendarmerie.

Le soir même de mon arrestation, je reçus la visite de deux inconnues qui prétendaient être ma mère et mon épouse. Elles tentaient de m'embrasser, mais je les repoussais avec force, je leur répétais :

— Écartez-vous de moi ! Qui êtes-vous ? Qu'est-ce que vous me voulez ? Je ne suis pas celui que vous croyez, je suis l'Indépendantiste, avatar d'André Fontaine, Président d'un Front pour l'indépendance nationale, qui a existé dans un autre univers !

Quand je disais cela, elles se mettaient à pleurer. Elles continuaient à venir régulièrement malgré mes protestations et mes plaintes à la gendarmerie. Une autre femme se présenta. Elle était en larmes et disait :

— Ah, l'Auteur ! Veux-tu me ruiner ? Comment as-tu pu te compromettre après ton succès anglophone ?

Moldak entra en contact avec moi et me dit que ma connexion restait active.

« Ton néocortex reste connecté au néocortex virtuel de l'info sphère. Tu peux accéder à n'importe quel domaine du cerveau global, juste en y pensant. Reste en contact avec la Lectrice, ne craignez pas d'être pistés, les transmissions quantiques entre vos cerveaux vous assurent une confidentialité totale. »

Je fus soumis à un interrogatoire intensif. La Lectrice avoua avoir envoyé le mail et donna des informations détaillées sur moi et sur le projet **Personnages**. Un service de protection des écrivains fut créé au sein de la GRC. L'armée et les services de sécurité furent mis en alerte et lancés aux trousses du vaisseau fantôme. Je fus inculpé de francophonie aggravée et placé en observation psychiatrique. Puis je reçus ce mail de moi futur :

"De : l'AuteurIndépendantiste@moi-futur.com
À : l'AuteurIndépendantiste@moi-passé.com
Objet : [FGL]. Le combat des livres.
Date : denebdi, 21 avamol 53, 03:73:17 +0237
Mid:30571YP3@l'AuteurIndépendantiste.mj9.futurMoipassé.com
Références:537915829.15716.l'AuteurIndépendantiste@lhird.com
Importance : Haute

Cher moi passé,

Je m'envoie ce message pour m'annoncer que **Le combat des livres**, l'émission de Radio-Canada, arrêtée depuis des années, sera reprise par une radio pirate et diffusée à partir de la planète Francophonie, sur la fréquence 104,3 MHz. C'est la première fois que l'émission est consacrée à deux livres du même auteur, mon roman *The revolution was not quiet,* contre mon autre roman *L'Auteur et ses personnages.* Cette édition spéciale sera plus un combat des langues qu'un combat des livres. Les autorités fédérales digéreront mal ce succès d'un écrivain québécois revenu à la langue française. Elles tenteront de brouiller la transmission et feront tout pour m'obliger à réécrire le roman francophone dans la langue de Shakespeare !"

FIN

Tranche de vie future

Quand le soleil avança dans sa déclinaison vers l'ouest, desserrant un peu son étreinte brûlante, Zouheir sortit et se dirigea vers le nord-ouest, en s'éloignant des camps encore engourdis dans la nonchalance de l'après-midi. Au loin, la montagne lisse luisait sous le soleil, comme un serpent étiré le long de l'horizon. Elle grandissait dans la cendre du soir et la lumière oblique y découpait de grands pans d'ombre et de larges avancées. Il arriva à l'acacia sous lequel il avait l'habitude de rencontrer sa suivante parmi les djinns, qui le renseignait sur les choses cachées et lui prédisait l'avenir. Il n'y avait qu'elle qui pouvait lui dire la vérité sur la prophétie du vieillard.

L'ombre légère de l'acacia s'allongeait démesurément en quête de la nuit. La suivante ne tarda pas à surgir, tombant au pied de son arbre, dans un nuage de poussière, de feuilles et d'épines. Elle avait une forme à peu près humaine, mais avec des pieds fourchus. La tête était petite, avec une face de reptile, des yeux louchant énormément et de larges joues en forme de losanges. Une touffe de cheveux se dressait au sommet de son front en forme de corne de vipère. Ses haillons étaient en lambeaux et portaient des traces de feu, comme sa peau couverte de brûlures.

— Qu'as-tu, diable ? Qui t'a infligé toutes ces brûlures !

Elle sortit une langue de serpent, la passa dans sa narine avant de la ravaler en disant :

— Malheur à toi, Zouheir ! Les temps ne sont plus ce qu'ils étaient ! Je me suis approchée du ciel et je l'ai trouvé plein de gardiens vigilants et de météores ! Jusque-là, les djinns pouvaient écouter ce qui s'y disait, mais aujourd'hui des tisons ardents sont prêts à frapper quiconque tente de s'en approcher !

— Écoute-moi ! Je me suis disputé avec un homme, après avoir maltraité une vieille femme de sa tribu. Je l'ai méprisé et insulté et quand il a dit : "Ô, mon Dieu ! fais que ma petite main roussie le tienne et aide-moi contre lui !" J'ai dit : "Ô, mon dieu, fais que ma longue main blanche tienne son cou et laisse-moi le reste !" Un vieillard m'a dit en entendant mes paroles : "Par Dieu, Zouheir, tu es perdu ! Il a invoqué l'aide de Dieu contre toi et tu l'as rejetée !" Je lui ai répondu qu'il n'était qu'un ignorant, mais depuis je ne suis plus tranquille ! Il faut que tu remontes au ciel, dusses-tu essuyer tous les feux de l'enfer ! Il faut absolument que tu regardes dans le futur pour me dire ce qu'il en est vraiment !

— Je vais essayer de glaner ce que je peux. Je te retrouve demain à la même heure.

Et elle se dissipa dans la cendre du soir.

Cette nuit-là, Zouheir, impatient de connaître la réponse de sa suivante, se retourna longtemps dans sa couche avant de pouvoir trouver le sommeil. Et quand, en sueur, il se redressa en plein milieu de la nuit, il repensa au rêve étrange qu'il venait de faire : il avait la tête rasée, un oiseau sortit de sa bouche. Il rencontra la vieille femme qu'il avait maltraitée. Elle le prit, l'enfonça profondément dans son vagin et le referma sur lui. Durant le restant de la nuit, il pensa et repensa à son rêve étrange, sans pouvoir se rendormir…

De bon matin, il se rendit au marché des devins, pour conter son rêve à Sawad, réputé comme grand interprète des rêves et autres cauchemars. Quand il arriva devant la tente du devin, il trouva qu'un groupe de consultants était déjà sur place. Son tour finit par arriver. Il traversa le rideau qui séparait l'oracle du reste de la tente et se retrouva face au devin, qu'il voyait pour la première fois. C'était une créature difforme, une chose repoussante, une immense tête posée sur une masse de chair, avec un seul œil, une seule main et une seule jambe. Mais dans cet œil unique brûlait une flamme extraordinaire...

— Assieds-toi ! dit le devin sur un ton presque rassurant. Qu'est-ce que tu veux savoir ?

Les paroles sortaient d'une ouverture dans la joue.

— C'est-à-dire que... voilà ! J'ai fait hier soir un rêve étrange !

— Eh bien, conte-le-moi, rapporte-moi tout, essaie de ne rien oublier.

— Je n'ai rien oublié, je me rappelle tout : j'avais la tête rasée, un oiseau sortit de ma bouche. Puis je rencontrai une vieille femme que j'avais maltraitée, elle me saisit, m'enfonça profondément dans son vagin, avant de le refermer sur moi !

Sawad leva l'index de sa main unique vers le ciel et proclama :

— Par le Haut rapide comme l'éclair ! Par les ténèbres de la nuit ! Par l'éclat de l'aube ! Par l'étoile du matin ! Par les nuages tonnants ! Par les pierres de la montagne et les arbres qui avancent dans la plaine en guettant, coléreux et maléfiques ! C'est la mort inéluctable !

— Comment ? Qu'est-ce que cela veut dire ?

— Pour ce qui est de ta tête rasée, ton casque sera arraché dans un combat et tu recevras un coup mortel sur le crâne. L'oiseau qui sort de ta bouche, c'est la vie qui quitte ton corps et la vieille femme qui t'enfouit dans son vagin, c'est la terre dans laquelle tu seras enterré ! C'est limpide, sans appel !

Quand Zouheir se releva pour repartir, le devin ajouta :

— Tu peux toujours sacrifier à Menât … Passe aussi par la boutique de Shissar, à l'autre bout du marché, dis-lui que tu viens de ma part et demande-lui de te faire des amulettes pour conjurer la mort...

Shissar était un nain barbu, de forme humaine à peu près normale, malgré sa difformité physique. La sensualité et la virilité exprimées par son visage étaient celles d'un homme de taille normale. Drapé dans un manteau teint au safran, il était assis à même le sol, comme l'enfant dont il avait la taille. Il regarda Zouheir d'un air inquisiteur.

— Je viens de la part de Sawad demander des amulettes pour conjurer la mort.

— Je les ai toutes prêtes ! As-tu des amulettes pour te protéger contre les djinns ?

— Non. Mais est-ce indispensable ?

— Bien sûr que c'est indispensable ! Tu sais bien que Mejenna est habitée par les djinns, c'est un endroit hanté. Parmi les esprits invisibles de Mejenna, il y a des djinns bienfaisants et d'autres maléfiques. Ils peuvent s'unir aux humains, s'allier à eux, être leurs auxiliaires, venir parfois à leur secours, les renseigner sur les choses cachées, les aider à prévoir l'avenir... Mais ils sont généralement des esprits malfaisants. Il leur arrive de prendre possession de quelques malheureux déments. Ici, les djinns sont les véritables possesseurs des lieux. Ils hantent les bosquets et les sources, prennent des formes hybrides, selon qu'ils appartiennent à l'espèce ogresse ou à celle des ogres, apparaissent aux humains de nuit comme de jour. Certains arbres, surtout du genre acacia, leur servent de résidence. Ils hantent les sources et prennent la forme de pythons géants à qui on doit offrir des sacrifices sanglants pour pouvoir accéder à l'eau. Dans leur manifestation aux hommes, ils s'incarnent dans des corps plus ou moins difformes. Cependant, ils ont une préférence marquée pour les formes animales, surtout celles hybrides des cyno hyènes. Ils hantent les solitudes et les lieux sauvages, y circulent de jour comme de nuit.

Sitôt revenu du marché des devins, Zouheir prit un bouc noir cornu bien gras et se fondit dans la foule des fidèles, poussant leurs victimes dans un nuage de poussière et chantant à tue-tête l'hymne à la gloire de la divinité :

Nous voici Menât, nous voici !
Si Bakr ne te défendait pas,
Les gens se seraient cachés et t'auraient abandonnée.
Les pèlerins d'Athj viennent toujours à toi !
Nous te défendons contre leurs méfaits !

Un prêtre accueillit Zouheir, lui loua des vêtements et recueillit avec lui le sang de la victime.
— Ta déesse est l'hôtesse qui se délecte au spectacle du sang sacrificiel, dit le prêtre, en plongeant une jatte dans la cavité remplie. L'abondance du sang est un signe que la déesse a agréé ton sacrifice. Par cette effusion, tu redonnes à ta déesse une partie de l'énergie diffusée dans la nature, lui permettant ainsi de reconstituer ses forces et de parfaire son intégrité. Maintenant, allons oindre les pierres qui lui servent de demeure, pour t'unir à ta déesse par le lien du sang !
Quand ils finirent d'oindre les pierres sacrées, le prêtre lui rappela qu'il devait se lécher les doigts, "pour sceller le lien du sang." Zouheir s'exécuta en léchant ses doigts dégoulinants. Des groupes parmi les fidèles chantaient l'hymne du pèlerinage et se sacralisaient. Ceux qui terminaient

leurs dévotions quittaient le temple à reculons, jusqu'au point d'où ils pouvaient repartir sans l'avoir dans leurs dos.

C'est bardé de ses toutes nouvelles amulettes que Zouheir s'en fut le lendemain, tôt l'après-midi, à son rendez-vous. Il arriva à l'acacia hanté, bien avant l'heure. La suivante finit par surgir au pied de son arbre, peu avant le coucher du soleil. Elle était toute cramoisie, les lambeaux subsistants de ses haillons fumaient encore, brûlant comme du charbon ardent. Ses yeux hagards louchaient dans toutes les directions.

— Malheur à moi, malheur à toi Zouheir ! Les tisons ardents ne m'ont pas ratée cette fois !... Mais par tous les météores du monde ! C'est quoi toutes ces amulettes ridicules ? s'étonna-t-elle, retrouvant un peu son esprit satanique pour se moquer du nouvel attirail de Zouheir.

— C'est pour conjurer la mort…

— Tu en auras bien besoin, mon pauvre Zouheir !

— Qu'as-tu vu ? Tu as pu voir quelque chose ?

— J'ai tout vu ! J'ai pu glaner assez d'informations pour reconstituer ton futur…

— Alors ? Est-ce que je vais mourir ?

— Je t'ai vu, vieilli et bedonnant, quittant ta tribu avec ta famille, entouré de tes fils, en quête de pâturage pour tes chamelles…

« Heureusement ! », pensa Zouheir, en passant la main sur son ventre qu'il avait encore plat.

— Vous élirez domicile dans un endroit proche de tes ennemis, sans le savoir. Ils seront informés de votre présence. Parmi eux se trouvera le frère de ton épouse. Il aura fui la tribu à la suite d'un crime de sang, pour se réfugier chez eux. Ils lui demanderont de les renseigner sur toi et il viendra chez toi, en prétextant une visite à sa sœur…

— Traître !

— Quand tu le verras, tu diras à tes fils : "Cet âne vous espionne, entravez-le !" Sa sœur dira à ses fils : "Votre oncle vous rend visite et vous l'entravez ?" Ils lui donneront une outre de lait frais et le mettront sous serment de n'informer personne sur vous, avant de le laisser repartir. Il s'envolera vers le campement de tes ennemis. Il arrivera sous un arbre au milieu des tentes, bien en vue de tous, et jettera l'outre de lait en disant à voix haute : "Ô arbre méprisé ! Bois de ce lait et vois quel est son goût !" En l'entendant, ils se diront entre eux: "Cet homme veut nous informer de quelque chose, mais il est sous serment." Ils iront vers lui, goûteront le lait et trouveront qu'il est encore frais. Ils en concluront que leur ennemi est proche. Des cavaliers iront voir la situation de près. Ils remonteront les traces jusqu'à ce qu'ils arrivent en vue de votre troupeau. Ils descendront de leurs chevaux et se mettront à se faufiler entre les arbres pour voir vos tentes de plus près. Vos femmes remarqueront les mouvements insolites parmi les arbres et diront : "Nous sentons dans les grands arbres épineux l'ennemi qui nous guette !" Les bergers confirmeront leur pressentiment. Ton frère viendra te voir pour te prévenir : "Ma bergère a vu les chevaux des ennemis et leurs lances !"…

— Ah, celui-là ! Toujours le mauvais augure !

— Tu lui diras : "Tu t'inquiètes pour rien !" Et tu prendras la décision de passer la nuit au même endroit, sans prendre en compte les inquiétudes de ton frère, tes chevaux, comme toujours, restant attachés près de ta tente, par précaution. Tous ceux qui auront été avec toi partiront, craignant une attaque des ennemis. Tu resteras seul avec tes deux fils. À l'aube, tu entendras le hennissement de ta jument qui aura senti la présence des chevaux. Tu demanderas à ton fils : "Qu'est-ce qu'elle a?" et il te répondra : "Elle sent la présence des chevaux des ennemis dont tu niais l'existence !" Tu sauteras sur le dos de ta jument en disant à tes fils : "Regardez du côté de l'ennemi et dites-moi ce que vous voyez !" L'un d'eux te répondra : "Je vois un cavalier sur une jument rousse qui la pousse à son extrême limite avec son fouet !"...

— Il faut qu'il ait une grave raison pour pousser ainsi sa jument !

— Ta jument prendra son élan, t'emportant dans sa course. Le cavalier sur la jument rousse criera : "Mort à moi s'il m'échappe !" Mais ta jument aura laissé la rousse loin derrière. Alors, il dira à l'un des cavaliers qui l'accompagnent et dont le cheval est plus rapide : "Rattrape-le !" Il te rattrapera et enfoncera le fer de sa lance dans l'une des jambes de ta jument, lui transperçant le nerf sciatique. Ta jument se trouvera gênée dans sa course. Tu crieras, sur le ton de la provocation : "Transperce l'autre jambe !"...

— Je le bernais ! s'écria Zouheir. S'il transperce l'autre jambe, ma jument retrouvera son équilibre et courra mieux.

— Mais il enfoncera de nouveau le fer de sa lance au même endroit et ta jument perdra son équilibre. Le cavalier sur la jument rousse te rattrapera, il mettra un bras autour de ton cou, te désarçonnera et tombera sur toi. Un autre, parmi ses compagnons, vous rejoindra et trouvera qu'il a déjà arraché ton casque. Il lui dira : "Éloigne ta tête ! Ton jour n'est pas encore arrivé !" Il éloignera sa tête et son compagnon te frappera la tête avec son sabre. L'un de tes fils frappera sa tête avec son sabre, mais elle sera protégée par sa double armure. Tes fils arriveront à t'arracher des mains de tes ennemis, mais tu seras déjà grièvement blessé. Quand le cavalier à la jument rousse verra que tu leur échappes, il dira à ses compagnons : "Hélas ! Pourtant, je pensais vous avoir facilité la tâche !" Et il se mettra à blâmer son compagnon qui dira : "Le sabre est d'acier et le bras puissant ! Et je l'ai frappé alors que j'avais les pieds bien plantés dans les étriers et j'ai entendu le sabre faire : *ghab*,

ghab quand il a frappé son crâne, et j'ai vu sur son tranchant comme le fruit du picridium !"…

— Ma foi ! Il m'a tué ! admit Zouheir.

— Quand tes fils regarderont ta blessure à la tête, ils verront que le coup a atteint le cerveau. Tu réclameras à boire, ils te refuseront l'eau, sachant que si tu bois, tu meurs. Quand la soif deviendra insupportable, tu te mettras à te plaindre en disant : "Vais-je mourir de soif? Faites-moi boire de l'eau, même si je dois en mourir !" Quand tes fils entendront cela, ils te feront boire. Tu mourras après trois jours.

— Ça confirme mon rêve… dit Zouheir. Mais dis-moi, tu dis bien que tu m'as vu vieilli et bedonnant, quel âge me donnais-tu ?

— Oh, tu sais, c'est difficile à dire… Je n'étais pas très attentive, j'étais assaillie de partout par les tisons ardents…

Quand Zouheir reprit la direction des camps, il faisait nuit noire. Le ciel étoilé scintillait sans diminuer les ténèbres sur la terre. Il avançait la tête baissée, soucieux. Il trébuchait régulièrement, butant contre des obstacles qu'il devinait après coup : une pierre, un tronc de bois mort, un arbre… Il était préoccupé par la tranche de sa vie future que venait de lui conter sa suivante. Cet acte final de l'épopée de sa vie ne le satisfaisait point. Il se demandait s'il n'y avait pas moyen de réécrire cette partie de l'histoire… Il en avait oublié de se diriger sur les étoiles. Quand il se ravisa, il s'arrêta et tendit l'oreille pour tenter de se repérer. Aucun bruit familier ne lui parvenait. Pourtant, il pensait qu'il avait bien marché le temps nécessaire pour atteindre les camps. Il se demanda s'il avait pris le bon chemin. Un regard rapide vers les étoiles lui permit de situer les points cardinaux. Il corrigea sa trajectoire vers l'est et reprit son chemin. L'absence de bruits, d'hommes, ou d'animaux signifiait qu'il se trouvait dans un endroit éloigné des camps. Il pensa aux chiens et se mit à aboyer de toutes ses forces, dans l'espoir qu'un chien, quelque part, l'entende et lui réponde. Mais ses aboiements restèrent sans réponse.

À un moment, il crut distinguer une faible lueur sur sa gauche et se dirigea vers elle. À mesure qu'il avançait, la lumière devenait plus nette. Mais bizarrement, il n'entendait aucun bruit humain ou animal. Lorsqu'il se fut suffisamment approché, il crut entendre d'étranges échos de rires étouffés… Il arriva près d'un feu allumé devant une grande tente en poils, bien dressée. Un homme vint à sa rencontre. Zouheir put distinguer à la lumière du feu son visage joufflu, sans barbe, un peu rouge, reflétant la couleur des flammes. Il avait sur le visage une sorte de moue, comme s'il étouffait un rire. Il portait un manteau de laine à larges rayures. Une jeune femme, belle et moelleuse, arriva avec une grande marmite qu'elle posa sur le feu. Elle avait noué un tablier autour de sa taille.

— C'est mon épouse, dit le Joufflu. Elle est charmante, n'est-ce pas ? Chaque soir, elle prépare un délicieux repas et le tient prêt en prévision d'un hôte éventuel.

L'épouse ravivait le feu. Les flammes taquinaient son beau visage rougissant et la fumée mettait les larmes dans ses yeux.

— Je l'aime parce qu'elle m'aime, dit le Joufflu, plein de lui-même. C'est un bonheur, n'est-ce pas, que d'avoir une épouse aussi dévouée, et si proche : c'est ma cousine germaine, mais elle me surpasse en qualités…

Quand le Joufflu l'invita enfin à entrer sous la tente, Zouheir s'affala sur la natte, épuisé par sa longue marche. Le Joufflu poussa vers lui un coussin et appela:

— Le lave-mains !

Le feu éclairait irrégulièrement l'intérieur de la tente. Une jeune servante, noire comme la nuit, souple, la taille fine, apporta une cuvette et un bol. Ses yeux scintillaient comme deux étoiles. Quand le Joufflu s'apprêta à laver ses mains, Zouheir remarqua qu'il avait six doigts à chaque main. Il s'inquiéta. « Les djinns ont six doigts aux mains et aux pieds », pensa-t-il. J'ai bien fait d'accepter la proposition de Shissar. "C'est une dent de renard", avait-il dit. "Quand tu la suspends à ton cou, les djinns ne peuvent plus t'approcher !" Zouheir avait pris la précaution de l'enfouir profondément dans sa poche, en allant à son rendez-vous de l'acacia hanté, pour ne pas faire fuir sa suivante. Il glissa sa main dans sa poche, vérifiant que la dent de renard était bien là. Il mit à profit un moment d'absence du Joufflu, qui avait rejoint son épouse près du feu, pour enfiler prestement l'amulette autour du cou.

L'épouse ne tarda pas à arriver sous la tente, portant une grande jatte fumante, suivie par son mari. Elle déposait la jatte entre les mains de Zouheir quand elle remarqua la dent de renard pendue à son cou. Elle poussa un cri épouvantable et sa bouche se transforma en une gueule monstrueuse ouverte, une mâchoire à même le sol et l'autre collée à la faîtière, au sommet de la tente. Pendant un moment, Zouheir crut que l'épouse allait le happer dans sa gueule béante, mais tout disparut comme par enchantement : l'épouvantable gueule béante, le Joufflu, la jatte, le feu, la tente, la servante noire, tout, absolument tout, avait disparu ! Il ne restait plus que le ciel étoilé et le silence de la nuit, plus noire que jamais. Sous le choc, Zouheir resta sur place sans bouger. Il se sentait trop fatigué pour reprendre sa marche. D'ailleurs, il n'était plus sûr de pouvoir retrouver son chemin. Il décida d'attendre le lever de la lune, mais resta sur le qui-vive, loin de toute tentation de sommeil, la dent de renard sur la poitrine, bien en vue. La nuit coulait imperceptiblement. Les étoiles qui étaient à l'est sont passées à l'ouest. Enfin, un quartier de lune trompeuse finit par pointer à l'horizon. À sa faible lueur, Zouheir put explorer l'espace autour de lui. Il réalisa qu'il était assis dans la cendre, à l'emplacement d'un ancien foyer. Il se leva et vit, pas très loin vers l'ouest, la masse noire de la montagne qui dominait les camps.

FIN

Les liens de l'amour

Le Père attendait depuis deux heures ; un instant presque imperceptible dans l'éternité du temps chronologique, une éternité dans l'âme de celui qui attend son premier fils. Tous les moyens habituellement mis en œuvre par le centre pour calmer l'impatience des futurs pères n'ont eu aucun effet sur ses nerfs. Pourtant, il s'agit de méthodes élaborées à partir d'une connaissance approfondie de la psychologie du futur père, une sorte d'accouchement sans douleur à son usage. Il était assis dans un fauteuil confortable, qui se déplaçait de façon continue dans la salle d'attente, afin de lui éviter de tourner en rond ou de faire les cent pas. On connaît en effet la manie des futurs pères, qui consiste à tourner en rond en attendant l'heureux événement. Un agent d'acceuil était venu lui apporter une cigarette fabriquée spécialement pour ce genre d'occasions et qui régénérait de ses cendres. À chaque allumage, son taux de nicotine et de goudron diminuait, sans que le goût du tabac s'en trouve altéré. Ainsi le futur père pouvait satisfaire son envie sans pour autant s'empoisonner.

Tout en fumant sa cigarette éternelle et en faisant les cent pas dans son fauteuil mobile, il regardait défiler, sur les murs tapissés d'écrans, les images publicitaires vantant des produits pour nouveau-nés. Les publicités étaient entrecoupées de séquences montrant les différentes étapes du développement de l'embryon ... Un souvenir précis lui revint à l'esprit : le rire étrange de l'homme qui s'occupait de lui depuis son arrivée au centre. « Un rire, quoi de plus familier et de plus rassurant! C'est le corps biologique de l'autre qui exprime sa complicité. Mais lui, chaque fois qu'il riait, c'était un processus de défamiliarisation de la quotidienneté humaine, qui reconduisait l'émotion et le plaisir de l'autre corps à leur origine méta humaine ! Cela commençait par la détente des lèvres, plus perceptible sur la lèvre supérieure et les commissures et finissait par gagner toute l'étendue charnelle des lèvres, découvrant une mousse blanche sculptée. Puis, de la bouche, venant du fond de la gorge, sortait un souffle qui croissait et résonnait comme le son extraordinaire des cris sacrés des hommes d'Arcadie, au moment de leurs concours de beauté. » Une nouvelle séquence publicitaire le rappela à la réalité.

Le récit de naissance dans le mythe de la Mère, que son grand-père lui racontait souvent, lui revint à l'esprit: « Autrefois, les hommes étaient enfantés à l'intérieur de leur mère, comme les animaux. Cela faisait neuf mois que la mère se transformait, perdant progressivement les caractéristiques morphologiques des femmes. Son visage subissait des modifications effroyables. Elle éclatait en sanglots chaque fois qu'elle se regardait dans le miroir. Au terme de sa grossesse, elle commença à souffrir les affres de l'enfantement. Elle était à son septième jour de douleurs. À chaque accès, elle se persuadait que le dénouement était proche, que son enfant allait enfin consentir à venir au monde. Dans son ventre monstrueusement gonflé, elle le sentait remuer, comme s'il s'amusait. Elle savait que l'heure de sa naissance avait sonné, mais ne comprenait pas pourquoi il s'ingéniait à la remettre à chaque fois. Les femmes qui l'assistaient inventaient toutes sortes d'explications :

— Ton enfant, disait l'une, ne veut pas naître parce que, pendant ta grossesse, tu as dû désirer quelque chose que tu n'as pas pu obtenir. Dis-nous ce que tu désires, on te l'apporte tout de suite et ton enfant naîtra.

Mais la mère ne donnait comme réponse que ses cris aigus, au rythme de ses accès de douleurs. À force de conjectures, une des femmes finit par découvrir l'objet de désir tant convoité.

— Oui, déclara-t-elle, je sais ce qu'elle a désiré. Une fois, un pèlerin de passage nous avait décrit un merveilleux coucher de soleil qu'il avait contemplé du haut du mont Sinaï et, pendant toute sa grossesse, elle a désiré contempler ce spectacle fascinant.

En entendant cela, l'enfant décida d'ajourner sa naissance, jusqu'à ce qu'il eût contemplé, à travers le ventre rose de sa mère, le coucher du soleil au sommet du mont Sinaï.

— C'est vrai, avoua la mère, je me souviens parfaitement du récit de ce pèlerin et je désire encore voir cette merveille.

— Que Dieu nous vienne en aide ! s'écrièrent en chœur toutes les femmes. C'est si loin l'Égypte, et si la mère n'accouche pas dans les six heures, c'est la mort certaine pour elle et pour son enfant !

On dépêcha quelqu'un au Bureau du peuple égyptien pour chercher les visas. Ce fut fait rapidement, grâce à la bonne volonté du consul dont la mère était sage-femme. Il restait le plus difficile : organiser un si long voyage en si peu de temps. Un agent de voyage fut consulté. Sa réponse tomba aussi brève que définitive : "Seule Al Égypte peut organiser un tel voyage!" Al Égypte était la compagnie aérienne dans laquelle avaient fusionné Égypte Air et El Al après leur rachat par le milliardaire américain Sam Turner. Or la compagnie Al Égypte tombait sous les lois sévères du boycott antitrust. Heureusement, le ministre des Transports, fervent partisan du rapprochement égypto-israélien, consentit une dérogation spéciale. Un avion fut affrété. Il décolla avec ses passagers à 12 h 25.

L'avion prenait rapidement de l'altitude. Brusquement, du fond de l'appareil, surgit un homme court sur pieds, barbu, avec une immense tête. Il était terriblement laid. Il tenait dans ses mains un livre dans lequel il disait avoir caché un révolver. D'où pouvait bien sortir cet homme ? Probablement de la soute à bagages, dans laquelle il avait dû se glisser au moment du décollage. Peu importe, il était bien là, aussi réel que son livre et le révolver caché dans le livre.

— Attention, disait le barbu à grosse tête, c'est un détournement ! Que personne ne bouge ! Voilà mon exigence : je veux faire accoucher la femme ! Si vous refusez, je fais sauter l'avion.

Les passagers discutèrent de façon animée et passionnée. Ils faillirent plusieurs fois en venir aux mains. Ce fut, à chaque fois, le barbu à grosse tête qui les ramenait à l'ordre en les menaçant du révolver caché dans son livre.

— Fermez-la, leur ordonnait-il, et décidez-vous rapidement, avant que je ne perde patience !

Au bout d'une heure, ils durent céder au barbu à grosse tête. Le décalage horaire aidant, l'avion put atterrir au sommet du mont Sinaï, un quart d'heure avant le coucher du soleil. La mère et son enfant eurent droit au plus magnifique coucher de soleil du monde. L'enfant naquit avec le concours du barbu à grosse tête, peu après que le soleil eut disparu, noyé dans un mirage du désert... »

Aujourd'hui, les enfants n'ont plus besoin de mères pour naître. Les conditions et le rituel des naissances ont radicalement changé ! Des mutations successives ont bouleversé la sexualité et le mode de reproduction de l'espèce humaine. La procréation ne se fait plus qu'in vitro ou par clonage. L'évolution des techniques du génie génétique a permis une maîtrise totale des caractères de l'embryon. C'est à partir de là que se posa le problème de l'équilibre entre les deux sexes. En effet, la majorité des couples choisissait des embryons mâles. Cela amena les femmes à protester contre cette situation qui mettait en péril leur sexe et à réclamer un partage équitable des embryons entre les deux sexes. Les mouvements féministes furent transformés en mouvements pour la promotion de l'embryon femelle. Le droit d'adhésion pour chaque membre consistait à aller dans un centre de fécondation pour se faire implanter un embryon femelle, de sorte que toutes les adhérentes étaient enceintes. Au bout de quelques années, cette mobilisation en faveur des embryons femelles porta ses fruits. C'est le mâle qui était maintenant menacé.

À leur tour, les hommes organisèrent la riposte. Ils commencèrent par louer tous les utérus artificiels disponibles dans les centres de procréation assistée, pour faire naître des garçons. Mais les locations d'utérus ne suffirent pas pour redresser l'équilibre et les hommes furent obligés d'imaginer d'autres solutions. Certains centres de procréation assistée acquis à la cause mâle provoquèrent des grossesses chez des hommes, mais peu d'entre elles arrivèrent à terme. Alors les hommes décidèrent de revenir à la vieille méthode des mères porteuses. À l'époque, on pouvait encore facilement trouver des traîtresses à la cause féministe qui consentaient à louer leur ventre pour un embryon masculin. Un réseau clandestin de mères porteuses fut ainsi constitué par les hommes. Lorsque les femmes découvrirent son existence, elles formèrent une unité de renseignement chargée de démasquer ces femmes traîtresses. Lorsqu'elles les découvraient, elles les faisaient avorter, puis stériliser. Chaque fois qu'une mère porteuse était ainsi avortée, les hommes ripostaient en faisant avorter une femme. C'est ainsi que la guerre des sexes se transforma en guerre civile meurtrière.

La guerre ne prit fin qu'avec l'avènement du pouvoir androgyne. Les androgynes durent réorganiser les rapports entre les hommes et les femmes et définir de nouvelles règles pour la procréation. L'égalité des sexes fut proclamée. La famille fut abolie et la mixité interdite. Les hommes et les femmes furent séparés en deux communautés, chacune ayant son propre quota de procréation. Chacun des sexes eut droit à un nombre limité de naissances chaque année. Les hommes devaient procréer des garçons et les femmes des filles. Pour assurer la paix et la cohésion des deux communautés, un service mixte obligatoire fut institué. Chaque homme ou femme devait passer deux ans dans des communautés mixtes constituées par les appelés au service. Ce service consistait à partager sa sexualité, son travail et ses loisirs avec des membres de l'autre sexe. Un examen d'aptitude précédait l'appel au service. Les hommes et les femmes aptes étaient ceux qui pouvaient assumer une activité hétérosexuelle normale. Ceux qui refusaient de s'y soumettre ou qui désertaient étaient jugés et condamnés à de lourdes peines.

La séparation provoqua l'œstrus chez les femmes. Leur période de rut coïncida avec la période du service mixte. La première manifestation de l'œstrus fut, quelque temps après la séparation, l'arrêt de l'ovulation chez certaines femmes. Ce phénomène se généralisa par la suite. L'ovulation ne reprenait qu'à la période du service mixte, au contact des hommes. Les femmes essayèrent de remédier à cette situation en ouvrant des centres d'ovulation. Les candidates à l'ovulation devaient s'inscrire au moins un mois à l'avance. Le stage commençait par une minutieuse préparation hormonale et psychologique. L'accès au stage était réservé exclusivement aux femmes candidates à la procréation. Cette dernière peut se faire de deux manières. Ou bien féconder l'ovule par l'ovule (le spermatozoïde étant exclu), les ovules pouvant se développer en filles, il suffit de les stimuler. C'est l'auto-procréation féminine qui permet à une femme d'avoir pour enfant son double génétique et qui a la faveur des féministes. Ou alors, la fécondation de l'ovule par un spermatozoïde congelé, que chaque femme candidate à la procréation pouvait se procurer dans l'une des nombreuses banques de sperme.

Le stage d'ovulation commence la première nuit du cycle lunaire. Les femmes admises suivent une hormonothérapie à base d'androgènes, pendant toute la durée du stage, comparable à celle du cycle lunaire. Les candidates doivent venir tous les soirs au centre pour participer à des danses en présence d'un groupe de femmes enceintes. Ces séances sont conduites par des membres du centre déguisées en hommes. Elles consistent à imiter les différentes positions de l'accouplement hétérosexuel, les femmes enceintes, formant un cercle autour des danseuses et reproduisant les cris par lesquels les danseuses expriment les différentes phases du plaisir. À la fin du stage, chaque couple de danseuses dont l'une est déguisée en homme se retire pour passer la nuit ensemble. Avant de se coucher, chacune doit dire à sa compagne déguisée : "Je veux être la femme de l'homme." L'autre doit la prendre comme l'homme prend la femme. Le matin, après s'être assurées que leur ovulation a repris, les candidates se font inséminer.

Chez l'homme, la production gamétique et la sécrétion hormonale étant constantes et régulières, la séparation n'a pas causé de modifications apparentes dans sa physiologie sexuelle et génitale. Le premier obstacle à surmonter pour les hommes candidats à la procréation était de trouver un utérus artificiel disponible. Si les hommes et les femmes avaient les mêmes quotas de procréation, les femmes avaient cet avantage de pouvoir porter elles-mêmes leurs enfants, alors que la grossesse chez l'homme n'était pas encore maîtrisée. Ce qui faisait que les hommes qui voulaient un enfant devaient commencer par trouver un utérus disponible. Or ceux-ci étaient en nombre limité, car leur construction était soumise aux quotas de procréation annuels consentis aux hommes. Il fallait donc, souvent, s'inscrire sur une liste d'attente avant de pouvoir en disposer, à moins de tenter soi-même une grossesse risquée, avec les inconvénients d'avoir à élever un enfant, alors que l'utérus artificiel faisait naître un homme adulte.

Le Père a attendu plusieurs années avant de pouvoir disposer d'un utérus. Lorsque son tour est venu, il s'est présenté à un centre de procréation assistée pour choisir son ovule et assister à la conception in vitro de son fils. Pendant tout le mois qui suivit, il fit le même rêve tous les soirs : il faisait l'amour avec un ovule congelé. Lorsqu'il se présenta au centre de procréation assistée, il fut accueilli par un homme grisonnant, en combinaison. Sans tarder, il commença à vanter les produits et les méthodes du Centre :

— Vous savez, monsieur, un ovule c'est très fragile, si la congélation est mal faite, vous fracturez la cellule. Le moment pendant lequel vous congelez est aussi très important. La cellule doit être mûre. Les ovules que nous allons vous proposer ont été congelés cinq heures après leur synthèse. Notre technique de congélation a fait ses preuves. Elle consiste à congeler d'abord la cellule à une température de $-7°$ Celsius. À cette température, elle devient solide. Alors nous abaissons doucement cette température jusqu'à $-196°$ Celsius. C'est ce qu'on appelle le "temps biologique". À $-196°$ la cellule ne vieillit plus. Théoriquement, on peut la conserver indéfiniment. Pratiquement, nous gardons les ovules congelés un maximum de dix ans.

Le Père et l'homme en combinaison blanche arrivèrent enfin dans la salle des fichiers du centre. Il y avait là tous les ovules congelés avec leur date de congélation et leur patrimoine génétique.

— Prenez votre temps, dit l'homme en combinaison blanche, choisissez l'ovule qui vous semble le plus digne de votre fils. Lorsque vous aurez fait votre choix, appelez-moi en pressant le bouton jaune, là devant vous. Nous procéderons alors sans tarder à la fécondation.

Le Père, ayant fait son choix, fut rejoint par l'homme en combinaison blanche qui le conduisit dans la salle de fécondation. Là il fallait d'abord ramener l'ovule à la vie pour pouvoir le féconder.

— La phase de réchauffement doit être rapide. C'est la clé de l'opération. Il faut aller vite, sinon la glace cristallise à l'intérieur de l'ovule et celui-ci se détériore. Il passe de $-196°$ à $+40°$ en une demi-minute environ.

Lorsque l'ovule est revenu à la vie, l'homme à la combinaison blanche préleva une quantité de sperme sur le Père et procéda à la fécondation de l'ovule décongelé. Un spermatozoïde a pénétré l'ovule, leurs noyaux se sont accouplés. L'œuf ainsi obtenu fut placé dans l'utérus, à l'intérieur duquel il allait rester dix-huit mois durant lesquels les cellules allaient proliférer, construire et assembler organes et tissus pour façonner un homme adulte.

C'est au terme de cette période que le Père est revenu au Centre. Dans la salle d'attente, il continuait à fumer sa cigarette éternelle et à faire les cent pas dans son fauteuil mobile. Enfin, l'homme au rire arcadien se montra.

— Suivez-moi monsieur, dit-il, je vous conduis dans la salle des utérus pour assister à la naissance de votre fils.
Le Père sauta de son fauteuil mobile, sans prendre le temps de l'arrêter et suivit l'homme qui semblait totalement indifférent à l'impatience qu'il manifestait. Un homme grisonnant les attendait dans la salle des utérus. Il aida le père à sortir son fils de l'utérus artificiel, coupa le cordon ombilical et lui donna son bain.
— Maintenant, vous devez nommer votre fils, et si vous n'avez pas encore choisi un nom, nous avons une banque de noms parmi lesquels vous pouvez choisir.
— Je n'ai pas encore choisi!
Il le conduisit à la salle des noms. Il fallait donner à l'ordinateur le nom du père, la date de naissance du fils et un chiffre pris au hasard. C'est à partir de ces trois données que l'ordinateur baptisait les nouveau-nés. Le Père donna son nom, la date de naissance de son fils, choisit un chiffre et pressa la touche correspondante sur le clavier. L'écran de l'ordinateur s'obscurcit. Il resta ainsi un long moment, comme intrigué par

les données qu'il venait de recevoir. Puis, il afficha un nom en quatre lettres : Adam.

Le tout n'était pas de sortir de son utérus, encore fallait-il être un homme. Les autres vous rappellent sans cesse, non pas ce que vous voulez être, mais ce que vous devez être. "Sois un homme ! Sois un homme ! Sois un homme !" Adam opta pour la solution la plus simple : être un homme, c'est faire comme les autres. Il prit l'habitude de considérer son individualité comme une résultante de l'interaction des autres et s'efforça de ne pas la prendre trop au sérieux. L'identité des hommes, c'est face aux femmes et contre elles qu'elle s'affirmait. Chacun des deux sexes s'appliquait à exalter sa spécificité pour affirmer davantage sa personnalité. Les hommes et les femmes, pour éviter le retour à la mixité, s'employaient à accentuer leurs différences par tous les moyens. Les femmes, pour affirmer davantage leur féminité, se nourrissaient d'aliments différents de ceux des hommes. Mais ce culte de la spécificité renforçait l'attrait des sexes et rendait la séparation encore plus difficile à préserver. Cependant, la technique ayant pris en charge la reproduction des hommes et des femmes, la sexualité qui, à l'origine, était la force motrice de la reproduction de l'espèce, était devenue une forme vide, un comportement aberrant, un leurre ; même si certains essayaient de substituer à l'instinct de reproduction une morale du plaisir. La sexualité étant devenue une fonction vide, le plaisir n'était plus qu'une affaire d'éducation.

Les hommes et les femmes avaient développé chacun une morale du plaisir excluant l'autre sexe. Dans chaque communauté, l'imagination érotique de l'autre sexe était censurée. L'érotisme et la pornographie étaient conçus de telle sorte que le corps de l'homme mis en spectacle ne puisse stimuler que le désir de l'homme. De même que le spectacle du corps de la femme ne devait réveiller que le désir de la femme. Le narcissisme des deux sexes et leur instinct du plaisir trouvaient leur satisfaction dans cette imagination sexuelle maîtrisée. Cependant toutes ces différences n'ont rien changé à la complémentarité originelle des sexes. La séparation n'a pas modifié la division du travail. Il y avait toujours une interdépendance économique entre les deux. Cette mutuelle dépendance a obligé les deux communautés à maintenir leur cohésion. Mais l'évolution de leurs langages n'allait pas dans ce sens : c'est ainsi que, par exemple, le genre masculin avait tendance à disparaître de la langue parlée par les femmes. Pour continuer à se comprendre, les deux communautés prirent l'habitude d'organiser, à intervalles réguliers, des concours d'éloquence où la palme revenait à celui ou à celle dont le discours comportait le plus grand nombre de mots de l'autre genre. Mais la véritable institution pour la cohésion des deux communautés était le Service mixte.

Ce soir, Maniké était perturbée. Demain, tôt dans la matinée, elle devait se rendre au centre d'examen d'aptitude au Service. Elle allait peut-être pour la première fois de sa vie vivre en communauté mixte. Elle savait qu'elle avait peu de chance d'être retenue. Pour elle, les hommes représentaient l'autre face de l'humanité. Ils l'intriguaient un peu, mais elle ne les associait jamais à sa vie. Jusqu'à ce jour, elle ne les avait connus que sous leurs combinaisons anti radioactives. Absorbée dans ses réflexions, elle finit par s'endormir. « La plus dure épreuve du service mixte consistait à escalader une gigantesque sculpture d'acier en forme de phallus. Au pied de la sculpture, deux gorilles se saisirent de Maniké, lui arrachèrent ses vêtements et lui ordonnèrent d'escalader, avec pour seuls crampons ses mains et ses pieds nus. Le phallus d'acier était si lisse que Maniké, chaque fois qu'elle l'avait escaladé sur quelques mètres, retombait dangereusement à sa base, puis, sous les coups de fouet des gorilles, elle recommençait l'ascension. Elle l'entourait de ses jambes et de ses bras, mais il était si volumineux qu'elle n'arrivait pas à joindre ni ses pieds ni ses mains, de telle sorte qu'elle était obligée d'employer tous les muscles de ses jambes et de ses bras pour l'enserrer. Mais elle finissait à chaque fois par lâcher prise et retombait meurtrie, suffocante... » Elle se réveilla en sueurs. Ce n'était qu'un mauvais rêve ...

Le lendemain matin, Maniké se présenta à l'entrée du Centre d'examen d'aptitude au Service. Elle introduisit dans la serrure de la porte d'entrée la carte magnétique qu'elle avait reçue en même temps que sa convocation. La serrure la happa, pour la lui recracher quelques secondes après, pendant que la porte s'ouvrait. Elle reprit sa carte et entra dans un hall étroit entièrement couvert de miroirs qui lui renvoyaient son image infiniment multipliée. Son cœur battait de plus en plus fort, à mesure que l'ascenseur descendait. Jusqu'à présent, elle n'avait rencontré que le froid poli du verre et de l'acier, rien qui ressemblât à une voix ou à une forme humaine. Lorsque l'ascenseur s'arrêta, elle se dirigea vers la porte qui portait le même numéro que celui de sa carte, introduisit sa carte et entra. La porte se referma derrière elle.

Adam a toujours été fasciné par les femmes, il pensait que leurs différences physiologiques avec les hommes étaient la conséquence de la première catastrophe nucléaire. À cette époque, l'humanité était exclusivement masculine. Les hommes irradiés connurent une série de mutations génétiques qui en firent des femmes. Adam attendait avec impatience sa convocation pour le Service mixte, pensant que ce serait là l'unique occasion de percer le mystère des femmes. Aujourd'hui, en se rendant au Centre d'examen d'aptitude, il avait le cœur serré, la gorge sèche et les mains moites. Lorsqu'il ouvrit la porte correspondant au numéro de sa carte, il vit une femme assise, dont il ne distingua pas parfaitement les traits, à cause de la lumière tamisée de la pièce. Lorsque la porte se fut refermée derrière lui, il était toujours figé à la même place, sur ses gardes, comme face à un danger. Dans le dépliant qu'il avait reçu avec sa convocation, il était précisé que l'homme devait faire le premier pas, en faisant une déclaration d'amour, conformément à la pratique antique de l'amour entre hommes et femmes. Des modèles étaient proposés, suivant qu'on se voulait tendre, passionné ou romantique. Mais Adam trouva ces modèles tous aussi ridicules les uns que les autres, tout en enviant secrètement les femmes qui, elles, n'avaient qu'à donner une réponse qui, d'après le dépliant, pouvait se réduire à un simple regard consentant. Tous les modèles proposés étaient dans un style métaphorique où les images de la nature semblaient être les seules dignes de décrire la femme qu'on veut aimer. Les femmes semblaient particulièrement sensibles aux choses de la nature. Elles voudraient être des fleurs, des astres, des animaux, le jour, la nuit, la vie et la mort. Cette prédilection s'explique peut-être par une nostalgie de l'Ancien Monde.

La veille, Adam était allé dans une galerie de peinture spécialisée dans les paysages. Ces galeries jouent aujourd'hui le rôle des parcs disparus. Le public y vient pour retrouver les cadres naturels perdus. C'était la première fois qu'Adam visitait ce genre d'endroit. Par l'évocation de la nature, c'était la femme qu'il espérait découvrir. Les paysages peints étaient pour lui autant d'images de la femme qu'il allait découvrir. Un tableau avait particulièrement frappé son imagination. La notice disait : "Forêt de cocotiers sur une plage." C'était cette image qui venait maintenant à son esprit en présence de cette femme à laquelle le rituel du Service mixte l'obligeait à faire une déclaration d'amour.

— Tu es comme un cocotier sur la plage, dont la vague a labouré les racines et qui, plus sensible que les autres à l'appel de la mer, s'est penché, se détachant sur l'azur du ciel, pour former le plus beau bouquet du monde !

Maniké battit ses paupières dans un rythme rapide et saccadé, l'ombre de ses cils faisait la nuit et le jour dans ses yeux. Elle était désorientée par la déclaration qu'elle venait d'entendre. Elle avait appris par cœur tous les modèles qui figuraient dans le dépliant et celle que venait de lui faire l'homme devant elle ne ressemblait à aucun d'entre elles. Pourtant c'était une belle déclaration d'amour, plus belle que toutes celles qu'elle avait lues ! Elle était touchée d'être la seule à l'entendre. Adam a bien noté le mouvement des yeux de Maniké. Elle semblait étonnée. Il craignait d'avoir dit un mot qu'il ne fallait pas. Il alla s'asseoir près d'elle. Au début, ils ne se quittaient pas du regard, chacun fixant l'autre avec une méfiance qui éveillait tous leurs sens. Maintenant, Maniké le quittait de temps en temps du regard et ne le ramenait sur lui que timidement. Chacun regardait maintenant l'autre comme s'il avait peur de rencontrer son regard. Puis, instinctivement, chacun décida de plonger pour éprouver l'effet du contact du corps de l'autre. Ils commencèrent à se toucher. Chacun mettait ses mains sur une partie du corps de l'autre et les enlevait précipitamment, comme s'il craignait que la peau de l'autre ne collât à ses mains et se détachât avec elles. Puis, cette crainte passée, chacun attarda ses mains sur la peau de l'autre. Ensuite, les mains ne suffisant plus, chaque corps voulut éprouver le contact de l'autre sur toute sa surface…

Maniké était maintenant dans son bain, couchée sur le dos, les genoux pliés, elle regardait ses jambes blanches et lisses. «Que reste-t-il de l'amour après que les jambes se sont fermées? » se demandait-elle. Tout en pensant à cette question, elle écartait doucement ses jambes, puis les ramenait l'une vers l'autre. Quand elle les écartait, l'eau se transformait en gouttes sur toute la surface de contact. Lorsqu'elle les rapprochait, ces gouttes anticipaient le moment de leur rencontre en s'attirant comme des aimants pour se fondre, formant ainsi une infinité de liens fluides extrêmement fragiles, qui se tissaient et se défaisaient au rythme du mouvement des jambes. « Les liens de l'amour seraient-ils aussi fragiles que ces liens fluides éphémères ? » Elle n'avait aucune idée, ni du sens, ni de la portée de l'expérience qu'elle venait de vivre. Tout ce qu'elle savait, c'était qu'elle venait de s'acquitter d'un rite indéfini, mais obligatoire. Elle souhaitait que cette expérience s'arrête là, qu'elle ne soit pas retenue pour le Service. Bien sûr, le moment qu'elle vient de vivre a été amusant, mais il a eu un côté étrange qui l'inquiétait. La suite de cette expérience dépendait des autorités du Service. Tout à l'heure avec Adam, elle devait se rendre dans l'immeuble, de l'autre côté de la rue, pour connaître leur décision.

Ayant fini de se préparer, Maniké sortit de la salle de bains pour rejoindre Adam. Elle s'approcha de lui, appliqua ses lèvres sur sa joue. Lorsque son visage s'éloigna du sien, Adam constata avec effroi que sa joue restait reliée aux lèvres de Maniké par de fins lambeaux de chair qui semblaient être un mélange de la peau de sa propre joue et de celle des lèvres de Maniké. Les lambeaux qui étaient inégaux dans leur épaisseur et dans leur largeur avaient les couleurs de la lumière vue à travers la chair humaine dans l'obscurité. Ce que traversait la lumière actuellement, c'était un mélange de fines lamelles de peau et de rouge à lèvres. Lorsque Maniké sourit, la partie fine des lambeaux partant du côté gauche de sa bouche se dilata et se déchira sous l'effet de la décontraction des lèvres, laissant de fines lamelles de chair et de peau, collées irrégulièrement sur les dents qui étaient maintenant découvertes. Les yeux d'Adam étaient devenus deux microscopes. Il ne voyait plus l'espace entre les murs de la pièce, ni le lit sur lequel Maniké était maintenant assise, ni les contours de sa silhouette, ni son visage, ni les limites extérieures de sa bouche. Même les lèvres et les dents dans cette bouche étaient devenues floues, comme par l'effet d'un agrandissement exagéré. Il ne voyait plus que les parties des lèvres et des dents desquelles partaient les lambeaux. Son regard les suivait dans la direction de son propre visage et s'arrêtait lorsque le flou de celui-ci se confondait avec le flou des lambeaux de chair et de peau, au niveau de sa propre joue. Il se leva brusquement dans une tentative de casser cette chaîne monstrueuse. Son mouvement provoqua plusieurs déchirures, mais la chaîne se maintint.

— Sortons !, dit-il avec impatience, comme si l'air dans la pièce était devenu irrespirable.

Arrivé au seuil de la porte, il tomba lourdement, se releva, trébucha au premier pas et retomba de nouveau. Il avait perdu le sens de l'équilibre. Tous ses sens s'étaient concentrés sur la chaîne de chair et de peau, sur laquelle s'était focalisé tout le champ de sa perception.

— Qu'est-ce qu'il y a ? Qu'est-ce qui t'arrive ? Ça ne va pas? Adam ne répondit pas. Elle commença à avoir peur, peur que cet homme ne meure entre ses mains, peur qu'on l'accuse de l'avoir empoisonné. Elle l'aida à prendre l'ascenseur, elle était obligée de le porter pour le maintenir debout. Dehors, alors qu'ils attendaient pour traverser la rue, Adam tomba devant une voiture qui venait à toute vitesse. Le conducteur freina à grands bruits de crissements de pneus et de klaxon, mais toucha légèrement Adam. Ce fut le choc et le bruit qui le ramenèrent à ses sens. Il vit la voiture, Maniké qui le tenait par le bras, la rue, les autres voitures, les passants et les maisons. Sa perception était revenue dans son champ normal. Il n'y avait plus de lambeaux de chair et de peau, du moins il ne les voyait plus. Mais il était certain qu'ils étaient encore là, à leur place, même s'ils étaient devenus invisibles. Il acquit la certitude que les corps ne sont pas séparés comme avec la hache, qu'ils s'interpénètrent par des liens invisibles, que l'humanité est un gigantesque corps dont les corps individuels ne sont que des cellules. Les lambeaux de chair et de peau n'étaient qu'une infime fibre de la vaste toile invisible des tissus reliant les corps humains. Maniké était heureuse de constater que le malaise d'Adam était passé. Maintenant, elle avait hâte de connaître le verdict des autorités du Service.

Cette fois, il y avait un Androgyne qui les attendait à l'entrée, un être morphologiquement ambigu, balançant entre l'homme et la femme. Maniké ne le quittait pas des yeux. Elle n'avait jamais vu une harmonie aussi parfaite entre des caractères contraires. Sa petite taille et son embonpoint lui donnaient une forme presque ronde. Sa démarche avait la sphéricité de sa silhouette. Il semblait posséder une force et une vigueur extraordinaires. Ses mains avaient la finesse et la beauté de celles d'une femme, mais il y avait aussi en elles la rugosité et la force des mains d'un homme.

— Je suis Khunatha. J'évaluerai votre performance.

Il prit les convocations que lui présentaient Maniké et Adam et leur demanda de le suivre. Il les introduisit dans une salle de visionnage à faux plafond bas. L'écran souple incurvé, entièrement translucide, avait une diagonale de plusieurs mètres. Il était collé au mur comme une affiche. L'éclairage très localisé faisait pénombre, mais les rubans lumineux courant le long des plinthes guidaient les pas.

— Nous allons voir, si votre rencontre s'est bien passée. Dit Khunatha, en s'engouffrant dans son fauteuil.
Un flux audio-vidéo inonda la salle. Maniké apparut seule dans une pièce. Elle se taisait. Elle semblait à la fois impatiente et inquiète. Sa respiration était régulière, un souffle à peine audible, un flux d'air qui, par les deux narines, reliait ses poumons à l'atmosphère de la pièce. Par moments, le souffle devenait plus fort, la masse d'air entrant par les narines dans les poumons semblait s'accroître, les poumons l'expiraient par les narines et la bouche, comme si Maniké était oppressée. Maintenant, un autre bruit vint perturber l'ambiance sonore de la pièce et masquer le souffle de la respiration de Maniké: le bruit de la serrure de la porte. La porte s'ouvrit. Adam entra. Elle se referma derrière lui. On pouvait entendre de nouveau le souffle de la respiration de Maniké et, à une échelle nettement supérieure, celui de la respiration d'Adam, plus rapide et plus saccadée. Khunatha regardait attentivement les images et écoutait en silence. Sur l'écran, la bouche d'Adam s'ouvrit en même temps que le son de sa voix traversait les enceintes acoustiques. "Tu es comme un cocotier sur la plage, dont la vague a labouré les racines et qui, plus sensible que les autres à l'appel de la mer, s'est penché, se détachant sur l'azur du ciel, pour former le plus beau bouquet du monde !" De nouveau, les deux souffles dominaient l'ambiance sonore de la pièce. Adam se dirigea vers la partie de la pièce où était Maniké pour s'asseoir près d'elle. Maintenant, ils se regardaient à tour de rôle, chacun semblant vouloir éviter le regard de l'autre. Puis le rythme de leur souffle devint plus rapide et plus violent à mesure que leurs corps se frottaient et s'enlaçaient pour se fondre ensemble. À présent, leurs souffles

112

n'étaient plus qu'une succession de râles et de cris de désespoir. Des râles et des cris qui pouvaient exprimer aussi bien le plaisir que la douleur de deux êtres qui s'efforçaient de se fondre en un seul, pour guérir la nature humaine. Maniké était stupéfaite devant ces cris extraordinaires qu'elle entendait pour la première fois. Elle ne reconnaissait ni sa voix ni celle d'Adam. C'était l'expression de son propre visage dans ces images qui la terrifiait le plus. En même temps que ces cris sortaient du fond de sa gorge, comme un écho immémorial de mort, son visage exprimait un profond silence et une volonté farouche d'accomplir l'œuvre de la vie. Khunatha arrêta la lecture en déclarant :

— Vous êtes tous les deux aptes pour le service mixte! Mais vous avez commis une grave erreur qui pourra un jour causer votre perte : vous avez copulé de front. Vous avez pourtant bien lu dans le dépliant du Service que la copulation frontale est interdite. Par votre transgression de l'interdit, vous risquez d'éprouver l'amour, qui est un sentiment interdit. Ceux qui éprouvent ce sentiment s'attachent à un membre de l'autre communauté et perturbent les lois sacrées de la cohabitation. Ceux qui sont convaincus du délit d'amour sont envoyés dans les camps de rééducation et n'en sortent qu'après leur guérison. Si vous ne réussissez pas à dissocier désir et sentiment, vous courez à votre perte. Vous recevrez vos convocations avant la fin de la semaine.

Adam et Maniké se quittèrent sans se regarder, chacun dans sa direction.

De retour chez lui, Adam éprouva un sentiment d'abandon qu'il attribua à la conscience de l'habitude d'être tranquille dans son propre milieu. Il était maintenant en train de se faire un cocktail dans la cuisine, tous les objets et instruments étaient là, à leur place habituelle, défiant la durée qui s'écoulait, indifférents aux états d'âme de leur utilisateur. Son cocktail préparé, Adam alla dans le carré. Il savait que le fauteuil en cuir blanc serait à sa place, prêt à recevoir celui qui voudrait s'asseoir. Il s'y enfonça et porta à sa bouche le verre qu'il tenait dans sa main droite, machinalement, sans prendre conscience du mouvement de son bras. La main porta le verre tout droit à la bouche et le bord du verre vint se loger entre les deux lèvres qui s'étaient entrouvertes. Le verre était dans une position légèrement inclinée, et au moment de son contact avec les lèvres, le liquide qu'il contenait déborda. La bouche recueillit le liquide qui passa presque aussitôt dans la gorge. Puis le bras revint à sa position de départ, sur l'accoudoir du fauteuil, emportant le verre que la main tenait toujours. Adam avait maintenant dans sa bouche le goût du liquide qui venait de passer dans sa gorge et dont une partie se trouvait encore dans le verre, dans sa main droite. Le goût, sur sa langue, était composé. Il y avait un goût pétillant sur toute la surface de la langue qui montait vers les narines et descendait vers les amygdales, un goût qui évoquait le vert. D'autres goûts bleus, blancs, rouges, évoquaient la saveur de la pomme, l'odeur de l'orange et la couleur du lait. L'odeur de la pièce et la saveur de la vie formaient comme une toile de fond pour ce bouquet. Les images de la partie de la pièce que couvrait le champ visuel d'Adam défilaient à un rythme qui donnait l'impression d'une diapositive fixe. L'esprit d'Adam était vide ou plutôt totalement occupé par l'univers de la pièce. Mais, brusquement, une image nette, précise, fit irruption dans cet univers : le souvenir de Maniké. Par cette brèche ouverte, les événements des dernières douze heures passées au centre d'examen envahirent l'esprit d'Adam, comme des diapositives qui s'enclenchent les unes derrière les autres. Ce qu'il venait de vivre avec Maniké n'avait rien enlevé au mystère de la femme, au contraire, il était devenu plus épais encore. En présence du souvenir de ces douze heures, dominé par la présence de Maniké, Adam sentait un grand vide intérieur, une vague impression de manque, une nostalgie du temps qui passe. Il y avait en lui comme une mélancolie face à l'écoulement des êtres et des choses. Les scènes des moments passés avec Maniké envahissaient son esprit avec une persistance maladive, sa mémoire les gonflait, les multipliait, rendant leur durée extensive. Le souvenir de Maniké était le fil conducteur, ce par quoi prenaient sens tous ces événements. Jamais le souvenir d'un être n'avait eu une telle force de présence dans la mémoire d'Adam. C'était plus qu'un souvenir, un élément qui pénétrait de toutes parts la conscience de son être propre, comme l'eau pénètre la rose. Ce soir-là, Adam dîna machinalement, sans appétit et sans savoir l'heure à laquelle il le faisait. Sa conscience du temps était perturbée. Il s'endormit juste après le dîner, d'un sommeil agité. Il se redressa en sueur à plusieurs reprises dans son lit.

Quand, quelques jours plus tard, Adam se présenta à son centre de service, Khunatha l'accueillit et lui fit faire les formalités. Il pensa à plusieurs reprises lui demander où était Maniké et s'il allait la revoir, mais y renonça quand il constata qu'il y avait plein d'autres Androgynes identiques à lui à l'accueil. L'Androgyne du centre d'examen pouvait donc être un autre clone. L'Androgyne conduisit Adam dans une maison dont l'escalier d'entrée s'enfonçait en sous-sol et conduisait dans un patio qui semblait être la seule entrée pour la lumière du jour.
— Vous logerez ici, avec votre compagne, pendant toute la durée du service.
Le cœur d'Adam battit à un rythme accéléré. Il avait du mal à y croire. Allait-il partager cette maison avec Maniké ?
— Quelle compagne ? demanda-t-il, impatient.

— Vous allez bientôt la connaître, elle ne va plus tarder.

Lorsque sa nouvelle compagne arriva, Adam eut du mal à dissimuler sa déception.

— Enfin, dit l'Androgyne, voilà Soho, votre compagne durant le Service. Vous partagerez cette maison, vous travaillerez dans le même secteur. Chacun de vous doit s'acquitter honnêtement et sans passion de son devoir sexuel envers l'autre. L'heure et la durée des séances de sexualité sont fixées par le règlement intérieur du centre, affiché en hologrammes sur les murs. Vous devez veiller à éloigner de vous toute sentimentalité qui risque de perturber le bon déroulement du Service. Vous êtes tous les deux affectés au secteur loisirs de notre centre. Je vais prévenir Riman, votre responsable, que vous êtes là. Il vous réunira dès aujourd'hui avec les autres éléments du secteur loisirs pour fixer à chacun sa tâche. Si vous avez un problème de cohabitation, adressez-vous à lui.

Soho était une synthèse vivante de deux éléments contraires: la pléthore et la beauté. Ses formes pouvaient être comparées, par contraste, aux formes viriles. Son corps défiait la pesanteur matérielle, ce qui lui donnait un aspect irréel. Mais il y avait derrière cette irréalité de son visage et des formes de son corps une animalité secrète, un signe qui annonçait la laideur d'une bestialité déchaînée. Une fièvre secrète la jetait hors d'elle-même. Elle exhalait un désir mortel de déborder les limites matérielles de son corps, quelle que soit la déchéance qui pourrait en être le prix. C'est cela qui faisait qu'elle donnait l'impression de se proposer comme un objet. Elle était un temple ouvert à la profanation. Elle se proposait comme un objet à l'odorat, à l'ouïe, à la vue au goût et au toucher. Il y avait en elle un pouvoir inné de provoquer le désir. Par son attitude passive, elle suscitait le désir et la poursuite. Sa parure recherchée, son maquillage soigné et son élégance vestimentaire mettaient en relief sa beauté et faisaient violence à l'attention. Adam sentit monter en lui un violent désir de posséder sa beauté, d'y introduire la souillure animale. Il voulait la salir à tout prix, profaner la beauté de son visage. Il s'approcha d'elle, décidé à la dénuder pour la révéler pleinement comme objet de désir. Soho esquissa un mouvement de fuite, mais Adam saisit fermement ses deux bras.

— Tu dois avoir honte, lui dit-elle. Tu n'as pas le droit de penser au sexe en dehors des séances règlementaires !

Adam ne lui répondit pas. Il commença à la déshabiller. Il sentait venir le moment de fusion qu'annonçaient la nudité de Soho et la joie goûtée dans la certitude de la profaner. La fusion et le déchaînement de leurs corps n'arrivaient pas à annihiler la peur d'être en train de transgresser un interdit du service. Soho avait honte de passer outre le règlement intérieur du centre, de faire l'amour dans des conditions où il était interdit de le faire. Et tout cela par la faute d'Adam.

Riman convoqua les membres du secteur loisirs, pour une première réunion. Il y avait là une centaine d'hommes et de femmes qui se dévisageaient comme si chacun venait d'une autre planète. Riman arriva le dernier. Il donnait l'impression d'une beauté parfaite que seules troublaient deux mèches rebelles sur le front. Certains aspects de son personnage suggéraient tout de suite des attributs animaux. Ses mèches rebelles, par exemple, donnaient par moments l'impression de deux petites cornes pointues au sommet de son front. Sa démarche et sa silhouette faisaient irrésistiblement penser à un animal rampant, un serpent. Parfois, il donnait l'impression d'une extrême beauté, à d'autres moments, il était d'une laideur repoussante. Il fit asseoir l'assistance en cercle autour de lui et resta debout.

— Votre rôle, commença Riman, est d'organiser les loisirs des appelés au service dans notre centre. Chacun de vous sera chargé d'une tâche précise selon ses compétences et son expérience antérieure.

Tout en parlant, il tournait au milieu de son audience. Lorsqu'il se trouvait en face d'Adam et Soho, il attardait son regard sur eux. Il y avait dans ses yeux une expression de complicité, comme s'il partageait avec eux un secret. Il semblait connaître à la perfection le moindre aspect de la personnalité de chacun, comme s'il avait le don de lire dans les âmes. Il était prodigue en conseils qu'il distribuait à chacun et possédait une force de persuasion extraordinaire. Adam fut chargé de la formation du groupe musical. Soho, quant à elle, fut désignée comme serveuse dans le snack-bar de la piscine. À la fin de la réunion, Riman demanda à Soho de rester après les autres. Elle resta longtemps enfermée avec lui. Lorsqu'elle sortit, elle avait une lueur étrange dans les yeux. Adam lui demanda ce qui s'était passé, elle lui répondit que cela concernait le service et ne voulut pas en dire davantage.

Adam constitua son groupe. Il en était le chanteur et le compositeur. Dès la première répétition, il comprit que cela n'allait pas. Chacun avait sa propre conception du rythme et du jeu instrumental. Il décida de commencer par accorder les membres du groupe sur ces deux préalables.

— Pourquoi, selon vous- depuis la masse des sons produits par l'homme, depuis l'ensemble des sonorités qu'il provoque- un certain nombre de ces sons reçoivent-ils une sacralisation et une fonction particulières qui en font de la musique ?

Chacun parmi les membres du groupe avait une réponse à cette question. Le bassiste pensait que seuls les sons rythmés étaient des sons musicaux. Le guitariste pensait que le rythme ne faisait pas la musicalité, qu'il fallait que les sons soient harmonieux. Le pianiste soutenait que c'était la beauté du son qui faisait sa musicalité…

— Ce que nous voulons faire, dit Adam, c'est de la bonne musique, une musique par laquelle vibrent le corps et l'âme de notre public. Pour cela, il faut que son rythme soit réglé sur celui du corps humain. Les basses, par exemple, doivent se régler sur le rythme du cœur. Mais le rythme seul ne suffit pas. Il faut que celui qui joue prenne conscience de son rôle sacré. Un concert, c'est une communion spirituelle entre des milliers de personnes ; et vous êtes les prêtres de cette communion. Comportez-vous en salle comme dans un temple et sachez que vous conduisez un rite sacré. Ainsi seulement vous atteindrez la plénitude de votre jeu…

Adam partageait son temps au centre entre Soho et son travail. Il y avait en Soho quelque chose qui le provoquait sans cesse et qui triomphait de lui après chaque bataille. Le snack-bar de la piscine était à quelques pas de la salle des répétitions. Entre deux séances, Adam alla au bord de la piscine regarder les baigneurs et Soho qui faisait le service. Il y avait sur le comptoir un tas d'oranges. Adam respira profondément leur odeur. Il les regarda attentivement sous la peau et vit leur jus. Il en saisit une, y enfonça ses dents et la pressa des deux mains dans sa bouche. Il n'avait jamais osé plonger dans la piscine. Il se demandait comment des corps de chair pouvaient pénétrer un cristal si pur. Chaque fois qu'un baigneur plongeait, Adam pensait qu'il allait s'écraser sur les pointes du diamant bleu, dont la surface donnait une impression de vie, à cause des vagues de lumière qui s'y reflétaient. Soho faisait le service dans la salle à quelques mètres de la piscine ; elle était en maillot de bain comme la plupart de ses clients. En la regardant, on ne pouvait s'empêcher de penser que Dieu l'avait faite pour donner la vie et, peut-être, pour donner la mort aussi. Mais Dieu lui avait donné le sens du plaisir et le sentiment de l'amour pour vivre la loi de sa création. Elle avait appris à vivre l'amour et le plaisir pour eux-mêmes.

Soho n'avait pas réussi à faire oublier Maniké à Adam. La présence de son souvenir était un spectre permanent entre eux. Très souvent, lorsqu'il enlaçait Soho, Adam fermait les yeux et s'efforçait de croire que c'était Maniké qu'il serrait dans ses bras. Il avait appris à vivre avec la présence de son souvenir, mais désespérait de pouvoir un jour la rencontrer. Il ne lui trouvait aucune qualité objective qui la distinguât des autres femmes, rien qui forçât sa préférence. Cependant, il y avait en elle un aspect insaisissable qui touchait profondément son être intérieur. Il l'aimait. Était-ce une illusion ? Si c'en était une, elle était persuasive. Maniké inspirait à son âme un délire continuel. Ce qui rendait ce délire si douloureux, ce n'était pas le danger qu'il faisait courir à Adam, ce qui le rendait si douloureux, c'était le doute qu'il n'avait peut-être pas gagné Maniké elle-même. Pour s'en convaincre, il essayait souvent de faire le vide dans son esprit, de ne penser qu'à elle pour se rappeler ses attitudes et ce qui, dans ces attitudes, pouvait révéler ses sentiments. Mais chaque fois, c'était un masque immobile, un fantôme sans âme que sa mémoire reflétait dans sa pensée, comme dans un miroir. Il cherchait inlassablement derrière ce masque, mais ne trouvait que l'image même de sa propre nostalgie. Finalement, dans sa mémoire, Maniké s'évanouissait comme une vapeur irréelle.

Les hommes et les femmes vivaient assez bien leur cohabitation. À les observer, on pouvait presque oublier que derrière la routine quotidienne de la cohabitation se cachait la haine mortelle des sexes qui avait été la cause de la guerre et de la séparation. Tout dans le centre était organisé suivant un modèle de complémentarité dans tous les domaines. Bien sûr, chaque sexe continuait à ressentir sa différence et celle de l'autre, mais ces différences n'étaient pas exaltées comme elles l'étaient dans la séparation. Au contraire, chacun mettait en avant sa ressemblance avec l'autre. Chacun vivait comme s'il était en état de manque sans l'autre et tous semblaient trouver leur bonheur dans la complétude. Chacun cultivait la part de l'autre qu'il possédait en lui et affirmait son besoin de l'autre. Dans le centre, la logique de la séparation avait fait place à celle du mélange. Les hommes et les femmes vivaient comme de vieux complices. Leur mémoire archaïque commune refaisait surface. Elle semblait s'être conservée malgré la séparation, ce qui pouvait laisser supposer une tendance à reconstituer l'union. Mais cette tendance était fermement combattue, parce qu'elle était contraire à la raison d'être du Service mixte et parce qu'elle rappelait l'époque de la guerre meurtrière à laquelle avait abouti l'union.

Parmi les aspects de cette tendance à reconstituer l'union, celui qui faisait le plus peur et qui était considéré comme un tabou, c'était le sentiment d'amour. À l'innocence du désir des sens était opposée la malédiction de l'amour sentimental, l'illusion qui avait perdu l'humanité. Les autorités du Service veillaient à ce que le désir reste pur, qu'il ne soit pas dénaturé par l'illusion de l'amour-sentiment. Mais il y avait un risque réel que la satisfaction du désir engendrât le sentiment. C'est pour cela que la copulation frontale était interdite et le temps de l'activité sexuelle réglementé. Mais il était difficile de contrôler la transgression de ces interdits. Les autorités avaient mis au point un ensemble de méthodes pour dépister l'amour. Celui chez qui ce délire était diagnostiqué était envoyé en camp de rééducation sexuelle. L'institution de base de dépistage de l'amour était la séance d'analyse. Chaque résident devait faire obligatoirement son analyse une fois par semaine. Pour cela, "un test de sentimentalité" permettait de déterminer si l'un ou l'autre des partenaires était amoureux. Le test, oral, consistait en une série de douze questions. Cependant, si l'analyste trouvait vague ou insuffisante une réponse, il pouvait poser des questions complémentaires pour obtenir une réponse plus claire et plus précise.

Ce matin, Riman avait convoqué Adam pour sa première séance d'analyse. Adam savait qu'il n'avait rien à craindre de ces séances tant qu'elles tourneraient autour de sa vie au centre et de ses rapports avec Soho. Il était certain que ces rapports étaient fondés sur le désir et dénués de toute sentimentalité. Mais ce qu'Adam craignait, c'était que les séances d'analyse dépassent les limites de ses rapports avec Soho pour sonder la réalité intime de sa propre âme, car celle-ci était pleine de vase sentimentale. Adam savait parfaitement que toute son âme était enveloppée de l'amour de Maniké comme d'un cocon de soie. Il arriva au bureau de Riman à l'heure indiquée. Une hôtesse l'accueillit et lui demanda de patienter. Il commençait à trouver l'attente particulièrement longue quand enfin l'hôtesse réapparut pour l'introduire.

— Ah ! c'est vous Adam. Asseyez-vous donc. Je suis sûr que vous comprenez la nécessité de nos séances d'analyse. Le Service mixte a été institué pour garantir la paix dans la séparation. Mais vous savez aussi que les hommes et les femmes forment maintenant deux mondes séparés, deux sociétés différentes, même si elles sont complémentaires. Il est absolument impossible de revenir sur cet état de fait. Il y a une limite infranchissable entre le masculin et le féminin que seul l'amour peut défier, ce délire qui pousse des hommes et des femmes à vouloir se réunir et se fondre pour ne plus faire qu'un au lieu de deux. Or c'est là la plus grave menace qui pèse sur nos sociétés. C'est pourquoi nous sommes décidés à détruire par tous les moyens le virus de l'amour et à préserver l'innocence du désir. Maintenant, dites-moi le nom de votre partenaire.

— Soho, répondit Adam.

— Oui, Soho... Bien. Vous allez maintenant répondre franchement !

Il y avait dans le ton de Riman une menace à peine voilée, comme s'il était sûr qu'Adam avait une faute à cacher.

— Vous arrive-t-il d'observer Soho ? Si oui, que constatez-vous ?

— Oui, il m'arrive de l'observer, répondit Adam. Tenez l'autre jour, par exemple, au bord de la piscine, je l'observais de loin. Elle était en costume de bain. Son corps presque nu défiait les regards. En l'observant, je ne pouvais m'empêcher de penser qu'elle a été faite pour donner la vie, mais qu'elle fait tout pour oublier cela ; que Dieu lui a donné le sens du plaisir pour vivre la loi de sa création, mais qu'elle a appris à vivre le plaisir pour lui-même !

Adam pensa qu'il venait d'omettre spontanément tout ce qui dans son observation de Soho au bord de la piscine avait trait à l'amour. Un frisson parcourut son dos de peur que Riman ne lise dans sa pensée. Riman sourit, comme si Adam avait pensé à haute voix.

— Trouvez-vous des défauts à votre partenaire ?

— Oui. Je trouve que la bestialité déchaînée qui déborde de sa beauté la prédispose à tous les abus. Soho est toute vouée à ses sens (Adam faillit poursuivre en disant que c'est de sentiment qu'elle manquait le plus, mais réussit à taire ces mots). Soho est un masque vide, un trou noir céleste. Elle hait la vérité et la science...

— Quelle image souhaitez-vous que Soho ait de vous?

— La même que celle qu'elle possède de la réalité.

— Mais encore ? insista Riman.

— L'image d'un infidèle profanateur de sa beauté !

— Vous arrive-t-il de lui suggérer cette image ?

— Je la lui prouve à toutes les occasions !

— Quelle importance accordez-vous à votre image dans l'esprit de votre partenaire ?

— Aucune. Car je sais qu'elle est neutre d'elle-même, qu'elle est un instrument pur. Sa vie intérieure est déterminée par le courant viril dont elle s'approche.

— Êtes-vous intéressé ou désintéressé dans vos rapports avec Soho ?

— Je suis toujours intéressé, car elle n'est pour moi qu'un objet de désir.

— Vous arrive-t-il d'imiter ou de simuler un rôle ou une attitude devant elle ?

— Jamais !

— Y a-t-il des aspects de votre personnalité que vous cachez à Soho ?

— Non. Il y a seulement des aspects dont elle ne peut douter, d'autres qu'elle n'ose ni ne peut regarder en face!

— Est-ce qu'il vous arrive souvent de vous rappeler ce qui vous flatte dans vos moments avec elle ?

— Non, car peu m'importe l'image qu'elle se fait de moi !

— Vous arrive-t-il de regretter certaines de vos paroles ou de vos actions envers Soho ?

— Jamais !

— Vous arrive-t-il d'associer des choses, des situations ou des personnes à des souvenirs agréables liés à Soho ?

— Non ! J'ai souvent tendance à l'oublier quand elle n'est pas devant moi.

— Pensez-vous que vous pouvez faire le bonheur de Soho?

— Non, je ne le pense pas ! Je la laisse se forger son propre idéal.

— Pensez-vous qu'elle puisse faire le vôtre ?

— Certainement pas ! Tout ce qu'elle peut, c'est me donner du plaisir.

Toutes les réponses d'Adam furent enregistrées par un appareil placé entre lui et Riman. Maintenant l'appareil était entre les mains de Riman qui le manipulait. Puis il le remit à sa place.

— L'appareil va déterminer votre taux de sentimentalité. Dans notre centre, la limite tolérée va jusqu'à cinq. Tous ceux qui ont un résultat supérieur ou égal à cinq sont envoyés en camp de rééducation.

Adam repensa à ses réponses. Il avait bien répondu dans l'ensemble. En tout cas, il était sûr de ne pas aimer Soho. Si tout va bien, l'appareil devrait lui donner un taux négatif.

Riman grattait sa petite corne sur le front, il était intrigué. Dès sa première rencontre avec Adam, il avait décelé en lui le délire de l'amour. Au début, il avait pensé qu'Adam était amoureux de Soho. Mais le test qu'il venait de passer démentait cette supposition. Cependant, pour Riman, il n'y avait aucun doute, Adam aimait. Il était bon pour le camp de rééducation. Mais avant de l'y envoyer, il fallait prouver qu'il était amoureux et découvrir la personne qu'il aimait. Il fallait savoir aussi si la personne aimée par Adam était sujette elle aussi au même délire. Pendant que son esprit s'occupait de ces questions, Riman avait sur le visage une expression de complicité. Il y avait un tel écart entre l'expression de son visage et la réalité de sa pensée qu'on pouvait se demander si c'était le même être. Il examinait maintenant la bande perforée que l'appareil venait de cracher.

— C'est un bon résultat. Vous avez un taux de sentimentalité de moins un. C'est tout pour cette fois-ci. Vous pouvez partir maintenant.

Il avait déjà arrêté son plan. Adam quitta le bureau de Riman pour rejoindre directement son groupe dans la salle des répétitions. Maintenant, ils répétaient jour et nuit parce qu'ils allaient se produire dans deux jours dans un concert auquel assisteront tous les résidents des centres de service mixte de la région. Chaque centre devait présenter sa formation musicale à cette occasion. Il y avait une compétition acharnée. Mais ce qui faisait l'importance de cette occasion pour Adam, ce n'était pas la compétition musicale, c'était qu'il aurait là l'occasion, peut-être unique, de revoir Maniké.

La salle de concert se trouvait dans un autre centre. Adam et son groupe s'y rendirent un jour à l'avance pour les dernières répétitions. Ils répétèrent presque tout le temps, jusqu'au début du concert. Il y eut un public monstre ce soir-là. La salle était archicomble malgré son immensité. Lorsque Maniké arriva, il n'y avait plus de place. Elle avait toujours éprouvé une certaine angoisse lorsqu'elle se retrouvait au milieu de la foule. Elle s'y sentait comme phagocytée, pour être utilisée à des fins qui la dépassaient. Le public était dans un recueillement tendu. Lorsqu'ils montèrent sur la scène, Adam et son groupe furent accueillis par des cris extraordinaires. Adam saisit son micro des deux mains comme si c'était l'unique voie de salut. Il ferma les yeux et s'efforça de saisir le mouvement du jeu des instruments. Puis, l'ayant saisi, il s'efforça d'y régler le mouvement de son propre corps. Lorsque le mouvement de son corps ne fut plus qu'un avec celui de la musique, il ouvrit les yeux. Le mouvement irrésistible du regard de la foule le transporta hors de lui-même. Le public ne parlait pas, il respirait, d'un souffle régulier et inquiétant, un souffle pareil au souffle de la voûte céleste dans la nuit, à celui de la mer, de tout ce qui respire, vit et inquiète. Le rythme de la musique pénétra ce souffle, le rendit plus saccadé et plus violent. Maintenant, Adam pouvait commencer à chanter, comme la voix sacrée de cette cérémonie céleste. "Un amant, la nuit…" Des cris d'approbation accompagnèrent le début de sa chanson. Il perdit pied et commença à chavirer. La musique et son propre chant n'avaient plus de consistance propre, ils étaient devenus le cri sacré de la foule. Il reprit le début de sa chanson. D'innombrables bras émergeaient de la salle, comme des torches. Il acquit la certitude d'être le maître de cérémonie d'un temple du feu.

Dans sa loge, Adam fut assailli par les admiratrices. Le service d'ordre les faisait entrer une à une suivant les instructions de Riman. Celui-ci pensait ainsi pouvoir découvrir celle qu'aimait Adam et comptait sur son imprudence pour la démasquer. Il avait installé à cette fin une caméra invisible dans la loge d'Adam. Il était maintenant confortablement assis et assistait sur son écran à tout ce qui se passait dans la loge. Les fans défilaient dans la loge d'Adam, celle-ci lui sautant dessus, celle-là lui tendant timidement des fleurs, mais toutes ne sortaient que portées par le service d'ordre. Puis Maniké entra. Adam demanda au service d'ordre de refermer la porte derrière elle. Il la prit dans ses bras. Il se demandait quelle serait sa réaction lorsqu'il lui révélerait la vérité entière de son amour.

— Pourquoi me regardes-tu ainsi ?

— J'hésitais à te révéler mon amour.

Riman avala sa salive de travers.

— Moi aussi j'hésitais. Tu m'aimes ?

— Oui, je t'aime !

— Pourquoi ne me l'avais-tu pas avoué la première fois ?

— Je ne le savais pas encore. Ce n'est qu'après avoir été éduquée à ne pas aimer que j'ai su que je t'aimais.

Riman en avait assez vu et entendu. Il se précipita vers la loge d'Adam.

— Alors Adam, tu as cru pouvoir me berner ?

— Je ne voulais pas te berner. Tu m'as interrogé sur mes sentiments pour Soho, non sur Maniké. Je pense que je n'ai pas à avoir honte de ma passion ; le sentiment n'est pas moins innocent que le désir, les deux ne sont pas séparables comme vous voulez nous le faire croire au Service. L'amour est la chose humaine qui n'a jamais été soumise à la loi !

Adam et Maniké furent placés dans deux camps de rééducation séparés.

FIN

Gara, voyageur temporel

Les équipes de l'Institut d'archéologie de la pensée humaine visitaient les tombes à la recherche de vestiges enfouis des consciences disparues. En cette saison, les fouilles étaient menées à Ghallawiya, dans le nord du Barzakh. Des squelettes avaient déjà été mis à jour, à une profondeur variant entre soixante-dix et cent mètres par rapport à la surface du sol. Ils étaient tous en très mauvais état. Le plus souvent, les os tombaient en poudre dès leur mise à jour, au moindre souffle de vent, au plus léger coup de pinceau. Pour cette campagne, il ne restait plus qu'un seul squelette à dégager, au sommet de la montagne. On creusa soixante-quinze mètres pour l'exhumer. Il était là isolé, comme une butte-témoin, lustré par l'érosion du temps, le crâne ceint d'une couronne de sable fin jaune-clair hétérogranulaire. Les chercheurs les plus chevronnés se penchèrent sur lui avec autant d'intérêt que de perplexité, entraînés par leur désir de lire la pensée de cet être surgi du néant. L'examen biocristallographique préliminaire révéla des traces de myéline sous forme de cristaux solides.

Les cristaux de myéline renferment des copies partielles que l'on nomme "transcripts" qui contiennent des informations sur la vitesse, l'amplitude et la fréquence des trains d'ondes de dépolarisation caractérisant l'activité des cellules nerveuses. Pour les révéler, il suffit de plonger les cristaux dans une solution aqueuse très concentrée d'ADN en double hélice. Le décodage de ces transcripts permet leur traduction en phrases écrites, exprimant le flux d'une conscience durant la phase typique de l'agonie.

Au laboratoire de l'Institut, les cristaux furent soumis à l'analyse physico-chimique pour l'identification des copies partielles. Les transcripts obtenus furent mis en ordinateur pour les décodages syntaxiques et sémantiques. Quelques instants après, le texte commença à se dérouler sur l'écran :

010/K73X7886B1D8C54EB1BBE839252772BD015D19 EF78BENMS.Barzakh/Ghallawiya/.T936.CP.D.1234567891 0111213141516171718 Les vautours noirs aux becs puissants et aux longs cous roses déplumés tournoyaient à l'affût de la charogne. Mais, régulièrement, je me redressais et, le visage tourné vers l'orient, je levais les bras vers le ciel, les mains tendues des deux côtés du visage, dépassant légèrement les épaules, et je lançais un grand cri dont l'écho se propageait lentement à travers la montagne : "Allahou akbar !" Je restais debout, figé dans une longue attente, murmurant mes prières. Puis, je me courbais, la tête vers l'avant, les mains appuyées sur les genoux, le dos et les jambes en angle droit, avant de me prosterner, le front contre le sol, puis m'asseoir pour me prosterner encore ; je me rasseyais un moment et me relevais en lançant le même cri rauque, qui faiblissait au fil des jours. Je répétais les mêmes gestes deux fois, quatre fois, suivant les moments de la journée. La nuit, les chacals rôdaient ; mais chaque fois, la prière faisait reculer la perspective du festin. Une semaine s'était déjà écoulée depuis le commencement de ma retraite. Je jeûnais le jour ; la nuit, je buvais un peu d'eau de mon outre et mangeais un peu de viande séchée. Et je priais.

Quand j'arrivai pour la première fois dans le lieu de ma retraite au sommet de la montagne, je fis le serment suivant : « Je jure de ne jamais revenir dans cette humanité corrompue et de vivre juste loin des injustes, jusqu'à ma mort ! » Ma nouvelle détermination ne semblait pas perturber l'ordre du monde : le soleil se levait et se couchait, comme à son habitude. Le vent chaud, chargé de sable, tourbillonnait en sifflant dans la montagne et le paysage gardait la même expression impassible sculptée par la lumière et par le vent dans le sable et la pierre du désert. Mais, ni la chaleur torride le jour, ni le froid pénétrant la nuit, ni la faim, ni la soif n'avaient ébranlé ma ferme détermination. L'eau s'était épuisée au fil des jours, j'avais bu la dernière gorgée hier. Maintenant, chaque heure qui passait était un supplice pour le corps voué à la faim et la soif, que la nuit apaisait pour rendre plus cruelle l'épreuve du lendemain.

Au bout de trois jours de jeûne total, mes membres s'étaient figés, l'atonie avait aboli les gestes et la conscience de la prière. La piété avait laissé place à un effroi profond, une angoisse épouvantable et une haine féroce du genre humain. La souffrance gagnait peu à peu tout le corps, comme des sables mouvants. Les lèvres, la bouche, la gorge se desséchaient et se craquelaient. L'estomac et les boyaux se crispaient, une force prodigieuse les tordait, comme pour les essorer de leurs dernières gouttes de liquide. Un feu violent brûlait mes entrailles ; puis l'incendie gagna mon visage, mes mains, ma poitrine... Quand je sentais les vautours s'approcher, poser sur mon corps leurs pattes rugueuses aux griffes acérées et me frapper de leurs becs puissants, mon corps se secouait dans une convulsion violente et désespérée. Les vautours lâchaient prise et bondissaient en battant leurs grandes ailes déployées. Des douleurs atroces irradiaient dans mes os, mes nerfs et mes muscles, s'aggravant pendant des heures par poussées brusques, suivies de lentes accalmies. Un étau puissant comprimait douloureusement la tête, le cerveau. Et la fièvre éclatait par accès violents, avec au début de grands frissons, puis l'abattement, puis l'étourdissement progressif. Les douleurs s'apaisaient, les spasmes profonds cessaient et les jambes s'allongeaient. Les chairs haletantes, épuisées, ne demandaient plus rien, elles n'avaient plus faim, elles n'avaient plus soif. J'entendais des bourdonnements, impressions de chloroforme par longues ondes sonores. Je sentais une infinité de présences autour de moi, un concert de voix amies. Le désert tout entier se peuplait pour me voir mourir.

Durant toute mon existence, j'ai toujours tenté en vain de connecter ma vie à mes rêves, mon conscient à mon inconscient, ma conscience aux autres consciences, pour pouvoir juger de sang-froid des autres, de moi-même et du temps. Mais je restais isolé, simple monade aménagée, protégée, tranchée absolument du reste. Et voilà qu'au moment de mourir toutes ces connexions se font d'elles-mêmes, sans aucun effort de ma part. Avec les affres de la mort, mon rêve et ma vie sont descendus devant moi dans l'arène pour se donner une ultime explication, puis s'aligner sur une même ligne bien droite, avant de sombrer dans le néant. Le monde entier est venu s'entasser dans une sorte de petit hublot circulaire et transparent situé juste en face de moi, simple évidence où viennent se résoudre toutes les énigmes, tous les secrets. Le passé, le présent et le futur sont venus se fondre dans un même instant. L'agonie a jeté sa lumière implacable dans tous les recoins de ma vie mettant à nu tout ce que j'avais approché. Je découvre brusquement le sens caché des situations, la signification de chaque silence, de chaque geste et de chaque parole. Plus rien ne m'échappe désormais des êtres et des choses, pas même leurs intentions. Toute ma vie si proche, si inaccessible et si démesurément gratuite, s'est rembobinée pour se dérouler à nouveau devant moi, acteur déchu, spectateur immobile cette fois, tourmenté par le regret profond d'avoir participé à cette comédie grotesque…

Un cotonneux nuage chargé de pluie était descendu du ciel. Il s'appuyait sur mon front, passait sur mon visage, imbibant les lèvres, passait sur mon cou, sur ma poitrine et sur mes jambes, puis revenait sur le front. Avec l'humidité, le corps revivait peu à peu et le délire laissait place à la sensation, mais les sons et les formes baignaient encore dans un flou instable. Une forme verte nettement délimitée dans l'air se distinguait dans ce milieu liquéfié, obscur et sans forme. L'eau était maintenant dans tout l'organisme, s'infiltrant à travers les pores, irriguant les organes, ressuscitant le cerveau. L'esprit fier et orgueilleux renaissait de l'eau. J'étais étendu sur le dos à l'ombre de la forme floue, entourée d'un halo vert. Alentour, la lumière inondait le ciel et le soleil avait tendu sur le désert son manteau immobile. Les vautours avaient disparu. J'étais à la même place, au sommet de la montagne. Mon regard se porta à nouveau sur la forme floue, derrière son halo vert. Je frissonnai de peur et mes membres se mirent à trembler.

— Mon nom est Khadir. Je suis le Passeur du temps. Tu te révoltes contre l'ordre humain, mais tu ne peux échapper à ta condition !

— Je voudrais vivre dans une autre époque ou remonter dans le temps, avant ma propre naissance, pour expier ma grande faute d'être né. Car, en vérité, rien ne me convient sur cette terre !

— Moi-même je remonte le temps, pour agir sur certains événements, prévenir certaines catastrophes ou les retarder. Mais un tel voyage dans le passé est impossible pour les

133

humains, car l'homme est incapable de juger de sang-froid du passé par le futur. Si toi, par exemple, tu pouvais remonter dans le passé, tu empêcherais tes parents de se rencontrer, mais cela serait une contradiction, puisque tu es déjà né ! Mais je peux par contre t'offrir un voyage dans le futur. Certes, c'est un voyage que tu fais déjà continûment en vieillissant normalement, mais ce que je te propose est autrement plus excitant : c'est un passage dans l'outre-temps. Tu auras la possibilité de visiter une autre époque. Mais tu ne pourras plus t'en échapper vers un autre futur et tout retour vers le passé est impossible. Il te faudra donc bien réfléchir avant de décider de quitter ton époque. Ce sera ton choix, ta responsabilité !
Et il s'estompa rapidement avec son halo vert.

J'ouvris les yeux et les refermai aussitôt, ébloui par le soleil. Je m'assis et regardai tout autour. J'étais là, au sommet d'une falaise ocreuse, sans savoir qui j'étais ni pourquoi j'étais là. Je n'avais ni faim ni soif et j'étais sans projet. Je me mis à descendre cette imposante barrière rocheuse aux couleurs sombres allant du noirâtre au violacé, rompant la monotonie des sables qui s'étendaient au nord comme au sud, jusqu'à l'horizon. Je fus rapidement dans la zone des dunes. J'errais sans but, d'un sommet à une pente croulante, d'une pente croulante à un sommet, ballotté entre les crêtes et les creux de cette houle énorme, sans rencontrer le moindre signe de vie. Pourtant aucun détail ne m'échappait, je pouvais voir sous toutes ses facettes le moindre grain de sable... Et voilà le premier signe de vie : un maigre genêt déchaussé, fortement agité par le vent et, sur l'un de ses rameaux, un asilide, un monstre plutôt ! À la suite de quelle catastrophe et par quelle mutation aberrante cet insecte a-t-il vu sa tête devenir si démesurée, ce troisième œil monstrueux lui pousser, sa trompe, s'allonger, s'allonger ? Ses antennes, d'un brun roux habituellement, étaient devenues noires et luisantes. Il avait perdu toutes les griffes de ses pattes et la couleur de son thorax avait tourné au vert métallique. Ses pattes d'un blanc d'ivoire enserraient fortement le rameau miraculeusement vert. Il tenta de s'envoler en déployant ses ailes vitreuses, très irisées, à nervures jaunâtres, mais sa tête disproportionnée, couverte d'une pruinosité d'un gris argenté, rendait ses efforts ridicules et vains. Ses trois yeux à facettes antéro-internes se dilataient. Violemment balancée au gré des vents, la jeune touffe de genêt, déjà fortement déchaussée, se trouvait perchée sur le fragile faisceau de ses quelques racines encore amarrées au sol mouvant. Chaque poussée des vents pouvait déraciner l'arbuste et projeter très loin l'asilide au milieu d'une nuée corrosive de grains de sable blanc et or, lui épargnant ainsi le pénible effort autonome de s'envoler. Mais la jeune touffe tenait toujours sur son perchoir, qui conservait encore son manchon de sable aggluminé autour des racines desséchées qui n'étaient plus qu'un tractus fibreux filiforme. Le mouvement de bascule s'accélérait, contraignant certaines racines à se plier en arceaux ; d'autres, tendues au contraire au maximum, monopolisaient de plus en plus les fonctions normales de la racine et le rôle mécanique d'ancrage... Une violente poussée de vent fit céder les arceaux d'aval et la touffe percuta violemment le sol. L'asilide, sonné, ne se laissa pas désarçonner de son rameau. Le genêt n'était plus relié au sable que par quelques racines d'amont, puis par une seule longue racine, rappelant curieusement l'amarre d'un navire au mouillage. Incapable de voler, l'asilide avait rangé ses ailes inutiles et collé son abdomen noir et luisant contre le limbe du rameau. Au bout de son amarre, la touffe oscillait toujours au gré du vent, dont elle enregistrait les variations directionnelles sur le sable tel un sismographe, jusqu'à ce que, violemment arrachée pour de bon, son amarre rompue, elle s'en fut au fil du vent, emportant l'asilide dans un tourbillon. Je levai la tête, pour suivre du regard la course folle de la touffe à travers les barkhanes frémissantes, et vis un mur de barbelés au pied d'une haute dune morte de couleur brun très pâle. Je marchai dans sa direction.

De la base de la dune, épousant sa pente raide, dépassant très haut son sommet et s'étendant tout le long, à droite comme à gauche, à perte de vue, une gigantesque muraille de barbelés fermait l'horizon comme une vision de fin du monde, émergeant des sables. Des panneaux régulièrement semés s'incrustaient dans le mur de fer comme des menaces terribles: une tête de mort sur deux tibias en noir sur fond blanc; une flamme au-dessus d'un cercle en noir sur fond jaune, une flamme en noir avec sept bandes verticales rouges sur fond blanc; trois croissants sur un cercle et plus bas une inscription en noir sur fond blanc; un trèfle noir et une inscription suivie d'une barre verticale rouge sur fond blanc; un trèfle en noir sur fond jaune, avec un mot suivi de deux barres verticales rouges sur fond blanc et d'une inscription; un trèfle en noir sur fond jaune, une inscription suivie de trois barres verticales rouges et d'une autre inscription sur fond blanc… Des médailles de ce genre ornaient toute la façade du mur de fer.

Au sommet de la dune, une sentinelle se déplaçait dans une ronde interminable. Sous son casque, elle portait des lunettes de protection et un masque. Dans ses mains gantées, elle tenait un fusil de combat muni de baïonnette ; elle marchait lourdement, soulevant le sable à chaque pas de ses grosses bottes. D'autres sentinelles étaient visibles, à intervalles réguliers, sur toute la ligne de crête de la dune, trop haute et trop régulière pour être l'œuvre des forces naturelles du désert. Sur le versant, affleuraient çà et là des squelettes humains…

Je sentis contre ma tempe un bruit sec qui irradia simultanément dans tout le cerveau et je m'écroulai sur le sable, la face en avant.

Quand je me réveillai, j'étais attaché sur une chaise dans une pièce vide. Je devais me trouver sur une hauteur, car je vis, en contrebas, à travers la vitre fermée devant moi, des cordons dunaires qui surplombaient une dépression libre très plate. Puis, je distinguai d'immenses hangars qui semblaient sculptés dans le sable de la dépression dont ils avaient reproduit la couleur exacte. Une large bande noire descendait le versant et se ramifiait au niveau de la dépression. Elle était empruntée par des fourmis rouges badigeonnées d'inscriptions fluorescentes... Deux hommes étrangement habillés entrèrent dans la pièce, ils parlaient et gesticulaient en me menaçant. Je ne comprenais rien à ce qu'ils disaient. Ils se mirent à me frapper violemment et me firent rouler sur le sol avec la chaise. Puis ils me firent avaler de grosses capsules au goût salé qui faillirent me rester en travers de la gorge et me laissèrent à demi conscient.

Les gigantesques fourmis grouillaient toujours, malgré la tombée de la nuit. Maintenant, sous les puissants projecteurs, elles avaient les yeux illuminés. Je pus dormir ce soir-là et je rêvai de moi voyageur temporel, je descendais du sommet de la montagne, en quête d'une humanité meilleure. Je savais que c'était ma dernière chance, que ma quête se terminait ici, que c'était là que je devais mourir de mort véritable, conformément au pacte convenu avec Khadir.

Un jour, on vint me prendre à l'aube. Les bâtiments bas couleur ocreuse s'étageaient sur le versant doux de la falaise, entre des éboulis de gros blocs ; ils étaient encore inondés par la lumière jaune des puissants projecteurs. Un portrait géant était affiché sur un panneau planté au centre du point rond. Le visage très sombre respirait la férocité. Les yeux enfoncés derrière des sourcils trop proéminents avaient les sclérotiques rayonnantes, comme ces prothèses dentaires à base d'uranium. Le nez plat avec d'immenses narines était retroussé, empêchant les lèvres épaisses de se toucher, ce qui figeait le visage dans un perpétuel sourire hideux. Au bas du portrait figurait une inscription que je ne pus déchiffrer.

On me mit dans une autre cellule dont les murs étaient parsemés de miroirs sombres et épais encastrés qui parlaient et montraient des images. Je compris plus tard qu'on m'y apprenait la langue. J'y restai des jours, des semaines ou des mois, je ne le sus jamais, j'y avais perdu la notion du temps, sans horloge, sans visite et sans repas réguliers. Une fois, en rêve, je revis le portrait gigantesque au milieu du point rond et j'y reconnus mon descendant. Quand je sortis de ma cellule, j'en savais beaucoup sur cette maudite langue qui commençait à me rendre fou. Le camion qui m'emmenait passa par le point rond. Je pus cette fois déchiffrer l'inscription au bas du portrait : "Son Excellence Tangalla O. Dondedieu, Président de la République démocratique du Barzakh".

Je me retrouvai avec un codétenu, en plus mauvais état que moi et plus déprimé. On nous passait et repassait le même programme vidéo. Je demandai pourquoi on nous gavait de tant d'images et de paroles inutiles. L'autre me répondit qu'on sera intégrés aux équipes et obligés de travailler, qu'on finira notre vie dans les entrepôts ! Le matraquage vidéo continuait. Le même programme recommençait indéfiniment et la même bande sonore se déroulait : "...Imdel, l'un des centres de stockage des déchets toxiques et produits dangereux de la

République démocratique du Barzakh. Tous ces centres sont construits dans le Grand Désert. Ce vaste territoire est un univers de sable formé de paysages très divers : dunes vives enchevêtrées, d'accès difficile, séparées et non rectilignes, dépressions de piémont libre de sable qui séparent les escarpements des massifs dunaires, plateformes tabulaires et escarpements, petites vallées, plateaux isolés par l'érosion et couronnés par une table de roche dure, calcaire ou gréseuse ; zones d'épandage tapissées d'alluvions argilo-sablonneuses, inselbergs à profil conique, dépressions inter dunaires en forme d'entonnoir, défilés, cluses, petits mamelons de sable, placés en flèche sous le vent, derrière des buissons ou derrière des buttes rocheuses, balises plus ou moins importantes. Vastes regs cailouteux ou recouverts d'une mince pellicule de sable qui, au coucher du soleil, font la jonction entre le ciel et la terre ; promontoires rocheux, couloirs à fond de sable dominés par les dunes... Cette région, l'une des plus arides de la planète, est un espace magique cruel pour les hommes. On y enregistre des températures très élevées, dès le début du mois d'avril on peut relever régulièrement des températures de 90 degrés à la surface du sol, en milieu de journée. Les vents, toujours chargés de sable, soufflent en permanence, quelle que soit la saison ; le plus célèbre de ces vents est l'harmattan, un vent du nord-est, très chaud le jour, plus froid la nuit, très sec et le plus souvent chargé de poussière, qui active le mûrissement des dattes en juillet. Ne survivent dans ce rude milieu que les plantes et les animaux qui, de génération en génération, sur des milliers d'années, ont réussi à s'adapter à cet environnement cruel. Les belles antilopes addax, les mieux adaptés des ongulés à la vie du désert, vivaient et prospéraient dans les immensités sablonneuses du Grand Désert où une civilisation humaine, celle des N'madis, avait pu se créer grâce aux revenus que ces populations en tiraient. La clairvoyance de notre Président bien-aimé, son Excellence Tangalla O. Dondedieu, a permis de rentabiliser cet espace jusque-là inutile. Des centres de stockage des déchets toxiques et produits dangereux y sont maintenant ouverts pour le plus grand bien de la communauté internationale ; ils constituent pour notre pays une importante source de devises.

"La construction et le fonctionnement de ces centres respectent scrupuleusement les normes de sécurité internationales. Les entrepôts construits en dur ont les fenêtres équipées de barreaux de fer. Les murs extérieurs sont revêtus d'acier ; les murs de séparation internes, conçus pour empêcher la propagation d'un incendie, dépassent du toit d'un mètre environ; ils sont renforcés de pilastres et indépendants de la structure qui leur est accolée, pour éviter un effondrement en cas d'incendie. Les conduites et les câbles électriques qui les traversent sont placés dans des coquilles en sable ignifuges. Les portes coupe-feu se referment automatiquement en cas d'incendie, grâce à des joints fusibles, activés par les flammes ; le câble relié aux joints fusibles passe à travers l'anneau du contrepoids et le rail incliné assure la fermeture automatique des portes qui comprennent des sorties de secours dont la résistance au feu est équivalente.

"Les pictogrammes, en rouge sur fond blanc, en blanc, jaune et rouge sur fond bleu, en blanc sur fond bleu et en noir sur fond blanc, spécifient l'interdiction de fumer, indiquent l'emplacement du matériel de secours, celui des téléphones et des issues de secours. Les règles de sécurité sont affichées. Les sorties de secours sont clairement marquées comme telles et aménagées conformément aux règles fondamentales de sécurité, pour permettre une sortie facile en cas d'urgence. Elles sont conçues pour pouvoir s'ouvrir facilement dans l'obscurité ou dans une fumée dense et équipées de barres d'ouverture. Elles permettent de s'échapper de l'entrepôt dans trois directions. Leurs accès sont balisés par les lignes et les flèches noires sur fond jaune et protégés par des poteaux peints dans ces mêmes couleurs, qui empêchent qu'elles soient bloquées.

"Les planchers imperméables aux liquides sont lisses sans être glissants et ne présentent aucune fissure, ce qui facilite le nettoyage. Ils sont entourés de seuils surélevés pour contenir les fuites et l'eau contaminée, utilisée pour lutter contre les incendies. Les plans inclinés, dont la pente n'excède pas 1 pour 50, sont construits en travers des accès extérieurs, l'arête du plan incliné se trouvant à l'extérieur de l'entrepôt. Des murets supplémentaires sont placés de chaque côté du plan incliné pour assurer la complète rétention des liquides. Des panneaux de ventilation, dont l'ouverture représente 3 % de la surface au sol, sont aménagés dans les toits ; ils s'ouvrent automatiquement en cas d'incendie pour évacuer la fumée et la chaleur, ce qui permet de mieux discerner le foyer de l'incendie et de retarder sa progression.

"Les déchets et produits dangereux entreposés dans les mines, en plein air, sont soigneusement sélectionnés à cause de leur exposition à des températures élevées qui peuvent entraîner une dégradation thermique. Pour éviter la contamination de la nappe phréatique, le sol de l'aire d'entreposage a été revêtu d'une couche imperméable résistant à la chaleur. Les conteneurs sont calés et entreposés verticalement sur des palettes.

"Lorsqu'ils arrivent au Centre, les produits sont identifiés par le connaissement et l'étiquetage. Le fournisseur remet les fiches de données de sécurité. On vérifie ensuite, sur la base des informations reçues, la quantité et l'état des produits. Le convoyeur présente la fiche de transport, où sont mentionnés le nom de la compagnie de transport, son adresse et son numéro de téléphone, le nom du produit transporté, les risques principaux, les précautions à prendre et les mesures en cas d'accident ou de fuite.

"Le stockage se fait suivant un plan de magasinage défini en fonction de la nature des produits à entreposer. Un espace libre est toujours ménagé entre les murs extérieurs et les marchandises les plus proches ainsi qu'entre les gerbages, afin d'assurer la ventilation et de laisser l'accès libre aux contrôles et aux pompiers. Les produits sont disposés de telle sorte que les chariots élévateurs et autres engins de manutention, ou les véhicules de secours, puissent circuler librement. Les allées et les encoignures sont élargies pour diminuer les risques de détérioration des marchandises en stock. Les allées, les passages et les voies ménagées pour les chariots élévateurs sont délimités par les marques au sol et interdits aux piétons pour éviter toute obstruction ou accident corporel. La hauteur de gerbage s'arrête toujours à trois mètres.

"Le plan, affiché à l'entrée de chaque entrepôt, met en évidence les risques encourus dans chaque section ; il indique le numéro de sous-section pour chaque cellule distincte, l'emplacement et la quantité de produits ou groupes de produits entreposés et les risques qu'ils présentent, l'emplacement du matériel de secours et de lutte contre l'incendie, des accès et des issues de secours. Vous notez au bas du plan, en grosses lettres rouges qu'il est formellement interdit au personnel de manger, de boire et de fumer dans les zones de travail.

"Maintenant, vous voyez la zone rocheuse du revers qui s'étend sur une bande large de plusieurs kilomètres, c'est la zone la plus radioactive. Là ont été forés des puits profonds pour l'enfouissement des déchets radioactifs vitrifiés. Vous pouvez remarquer que, par endroits, les roches se sont fendues sous l'effet des puissantes sources de chaleur logées dans leur sein ; mais ces fissures sont colmatées régulièrement.

"En quittant la zone d'entreposage, les employés passent obligatoirement par les vestiaires de décontamination, avant de prendre le téléphérique pour la cité. Les vêtements de travail et les équipements spéciaux de protection individuelle sont décontaminés et laissés dans les vestiaires jusqu'à la prochaine reprise du travail…"

— Hein ?

— C'est quoi ton nom ? me demande l'autre.

Les hommes qui sortaient des vestiaires pour prendre le téléphérique n'avaient, en apparence, plus rien de commun avec les créatures sinistres qui y étaient entrées. Masques, gants et bottes étaient tombés. Les lourdes combinaisons blanches avaient cédé la place aux amples boubous bleus en coton richement brodés. Les visages nus exprimaient en mille nuances les peines du genre humain ; leur teinte, pâlie par les masques, conservait malgré tout son fond cuivré. Beaucoup avaient les traits tirés, chiffonnés, communs dans les pavillons de cancéreux. Les regards exprimaient la résignation à la peine et à la mort. "... Tout manquement aux règles et consignes de sécurité sera sévèrement puni!" Il répéta la même question. Je répondis que je ne savais pas.

— Peut-être n'ai-je jamais eu de nom ; peut-être aussi que j'en ai eu, mais alors j'ai dû l'oublier.

— Dis donc ! T'es bizarre toi ! Tu n'as pas de nom... et d'où viens-tu ?

— Je ne sais pas...

— Tu te fous de moi ou quoi ?

— Non, je t'assure ! Moi que tu vois, normalement constitué et d'apparence beaucoup plus âgé que toi, je ne sais pas qui je suis ni d'où je viens ! Tout ce que je sais de moi c'est que j'ai ouvert les yeux il n'y pas longtemps de cela, et il me sembla bien que ce fût pour la première fois. J'avais regardé autour de moi, j'étais au sommet de la falaise. Je ne savais pas qui j'étais ni pourquoi j'étais là. Alors j'étais descendu vers la région des dunes et j'errais sans but quand je tombai sur les barbelés du Centre...

Sur l'un des écrans le programme avait recommencé une énième fois : "... Imdel, l'un des centres de stockage des déchets toxiques et produits dangereux de la République démocratique du Barzakh... "

— Tu me crois ?

— Non ! Je ne peux pas croire une histoire pareille ! Ou alors tu es malade, tu es atteint d'amnésie !

— Et toi, qui es-tu ? Pourquoi tu es là ?

— Moi je viens de Windcity, la capitale. Ils m'ont condamné aux travaux forcés. Ils m'accusent de sympathie avec les écologistes et d'avoir fourni des renseignements à Urgence Sahara. Mais ils m'en veulent surtout parce que je suis N'madi...

— N'madi ?

— Oui, les N'madis, les anciens chasseurs d'addax, ceux dont on parle dans le programme. Nous étions les maîtres du Grand Désert, nous vivions libres dans ces grands espaces magiques. Nous avions rejeté la technique et son monde, pour préserver notre espace. Mais, quand Tangalla prit le pouvoir, il signa un accord avec les Nations Unies et notre territoire fut classé zone internationale de stockage des déchets toxiques et produits dangereux. Nous fûmes tous déportés vers la côte ou dans d'autres régions du pays. Il y a longtemps que notre territoire a été transformé en poubelle internationale. Moi-même je suis né à Windcity, bien après la déportation. Aujourd'hui, la Terre est classée poubelle internationale et presque tous ses habitants ont, depuis longtemps, émigré vers d'autres planètes. La Terre n'est plus habitée que par les parias du système solaire qui sont livrés aux effets de la pollution et de la radioactivité. Chaque fois qu'ils en ont l'occasion, ils nous envoient pour le travail forcé dans les CSDTPD où personne n'a jamais survécu au-delà de deux ans !

— Mais c'est horrible ! Nous allons donc mourir ici ?

— De temps en temps, Urgence Sahara fait exploser une bombe dans un centre ou tue les convoyeurs d'un camion isolé. Mais tout cela est dérisoire, cela n'empêche pas Tangalla d'inaugurer un centre tous les trois mois !

Cette nuit-là je dormis d'un sommeil agité et quand arriva la phase du rêve, je recouvrai mon identité et ma conscience de l'outre-temps. Et je me mis à crier, à appeler de toutes mes forces le Passeur du temps : «"Khadir ! Khadir ! Dans quel pétrin m'as-tu mis ? Sors, moi d'ici ! Tu sais très bien que je voyage dans l'outre-temps à la recherche d'une humanité meilleure ; or celle-ci est pire que toutes ! Ne m'abandonne pas ici !" À force de pleurs, de cris et de supplications, il consentit à apparaître, toujours aussi informe derrière son halo vert : "Gara, aurais-tu oublié notre pacte ?" "Non, je n'ai rien oublié! Mais je pensais que les hommes évoluaient vers le meilleur !" "Donc tu as choisi d'explorer le futur, et maintenant tu veux encore repartir. Tu ne passeras plus jamais dans l'outre-temps, tu mourras ici !" "Je veux repartir, quitter cette époque maudite! Je n'avais jamais vu le mal de si près !" "Il n'y a plus

de recours. Quel homme avant toi a eu la possibilité de vivre sa vie entre deux époques différentes si éloignées l'une de l'autre ? Tu n'as que ce que tu as mérité par ton ignorance et par ton orgueil. Tu ne peux éternellement vouloir échapper à ton destin, tu es condamné à vivre ton époque et à l'assumer. De toute façon, cette époque représente le visage ultime de la Terre. Si tu étais allé au-delà, tu aurais retrouvé la Terre réduite à un tas de cendres calcinées !" Et il s'estompa peu à peu avec son halo vert. "Non ! Attends ! Attends ! Khadir ! Khadir!"»
Quand je me réveillai, je tremblais, j'avais la tête lourde, comme si elle était devenue de plomb. J'avais la langue pâteuse, la gorge collée. Le N'madi me tenait la main.

— Qu'est-ce que tu as ? C'est qui la personne que tu appelais ?

— Donne-moi à boire ...

Il demanda encore :

— Qui est la personne que tu appelais ?

— Moi, j'appelais quelqu'un ? Quand ça ?

— Mais tout de suite, tu m'as réveillé, tu criais : "Khadir ! Khadir", ou un nom comme ça.

— Tiens, comme c'est étrange ! Je ne me souviens de rien !

— Toi, tu m'inquiètes ! Je t'aurai à l'œil !

Le lendemain, le contremaître vint nous chercher à l'aube. Il était armé, avait proféré les pires menaces à notre égard et avait dit avant de nous emmener :

— Je vous conduis aux vestiaires où vous vous équiperez pour le travail ! Maintenant vous faites partie des équipes de jour, vous êtes affectés à la zone des mines. Allez, grouillez-vous !

Dans les vestiaires, nous fûmes parmi les premiers. Le contremaître nous indiqua deux armoires en fer pour ranger nos vêtements et nous fit passer sous une douche glacée nauséabonde, qui me fit des picotements sur la peau. Puis on nous donna à mettre les combinaisons blanches épaisses et lisses, on mit les lourdes bottes, les masques et les gants et on attendit accroupis sur un banc étroit. Les employés marchaient comme des somnambules, personne ne parlait. Certains semblaient souffrir atrocement, mais gardaient le silence. Puis tout le monde eut droit à deux grosses pilules amères, qu'on avala vite fait. Le contremaître avait lui aussi revêtu sa combinaison et ses autres équipements de protection individuelle.

Le soleil trônait déjà sur le sommet de la falaise quand le téléphérique nous déposa. Nous étions trois, quatre avec le contremaître, dans la zone des mines, située dans la région rocheuse du revers. Le contremaître nous fit faire le tour des puits pour constater les fissures apparues depuis la veille.

— Voici comment on va procéder ! dit le contremaître. Vous deux, nous montrant du doigt, le N'madi et moi, vous allez ramasser les blocs de rochers sur le versant là-bas, je dis bien les blocs, pas les petites pierres, et vous les mettrez dans le broyeur. Toi, tu conduis l'engin pour le broyage et la fusion des roches et tu orientes le pont pour bien verser la roche dans les fissures, pas à côté ! Allez ! Maniez-vous, bande de fainéants ! Je vous ai à l'œil !

En fin d'après-midi, quand les ombres de nos combinaisons eurent déjà escaladé le versant de la falaise, une alarme retentit de toute part pour annoncer la fin du travail de la journée. Dans les vestiaires, quand j'eus enlevé ma combinaison, je me tâtai, surpris de retrouver mon corps à l'état solide. On nous emmena vers la cité.

La cité d'habitation du personnel était construite sur l'un des sommets les plus élevés de la falaise, un ensemble de maisons basses en préfabriqué auquel on accédait par une ligne du téléphérique. Ce point culminant dominait le baten de sa corniche irrégulière, très peu homogène, démantelée par un réseau dense de diaclases et de cassures, en gros blocs quadratiques vernissés qui donnaient au paysage un aspect chaotique. On m'indiqua ma place dans le dortoir, un lit de camp placé à côté d'une armoire en fer, comme celle des vestiaires. Je me jetai sur le lit et restai un moment sans connaissance. Je sursautai au bruit d'une sirène. Je crus que c'était dans ma tête, mais je vis les autres se diriger vers la porte. Je les suivis à travers un long couloir qui conduisait à une porte ouverte, dont les grands battants étaient fixés à des rails. Au-dessus, une inscription lumineuse indiquait la fonction du lieu et à droite, devant la double porte, un petit tableau noir portait des écritures à la craie jaune : "Menu. Mercredi 20 décembre 2045. Soupe de potassium. Beefsteak et champignons sautés. Dattes d'Aghreijit". Je pris place sur un banc au milieu des autres. Deux serveurs bien nets et bien propres faisaient le tour des tables. L'un poussait un chariot avec des récipients fumants, l'autre servait la soupe avec une longue louche. Un des employés se mit à crier comme un forcené, prit son bol plein et la jeta au visage du serveur qui poussait le chariot. La sécurité vint l'emmener, le rouant de coups dans l'indifférence générale.

À la sortie du réfectoire, la sécurité vint nous chercher, le N'madi et moi, pour nous conduire au bureau de l'Intendant. On nous fit patienter pendant une demi-heure. Nous étions assis sur des chaises à l'attendre devant sa porte, sans savoir ce qu'il nous voulait. Les deux hommes de la sécurité conversaient devant et semblaient nous ignorer, mais le gros chien sans laisse, couché à nos pieds, ne nous quittait pas des yeux et grognait au moindre mouvement. Quand la sonnerie au-dessus de la porte eut retenti, un des hommes de la sécurité nous fit entrer. Un petit homme à l'embonpoint remarquable, portant une culotte et une chemise kaki à manches courtes, nous tournait le dos. Il était debout entre le bureau et la longue table qui supportait des consoles et des claviers. Il avait la tête rasée de près et des bourrelets de graisse montaient sur sa nuque, jusqu'à la base du crâne. On pouvait voir derrière ses oreilles, logeant dans la chair, les bras de la monture de ses lunettes. La porte du bureau s'était déjà refermée derrière nous et l'Intendant nous tournait toujours le dos, manipulant ses claviers. Puis il se retourna en nous regardant par-dessus ses lunettes. Il avait le front bas et plissé, des yeux marron clair enfouis, presque sans sourcils. Son regard avait la même expression que l'écran de la console qu'il venait de quitter, et ses lèvres minces, pincées au-dessus de son double menton nu, exprimaient un souci bureaucratique. Il avait des taches rougeâtres sur le visage et plein de boutons sur le cou et la poitrine. Son ventre débordait de sa chemise trop courte et ses genoux se noyaient dans la chair de ses cuisses. Il avait les pieds nus dans des sandales en plastique. Il alla derrière le bureau, s'engouffra dans son fauteuil et nous fit un signe de la main.

— Asseyez-vous, dit-il, en nous remettant des imprimés. Lisez-les avant de signer. Ce sont vos contrats de travail et d'hébergement. Vous êtes certes des condamnés, mais vous avez vos droits garantis par notre Constitution !

Je protestai :

— Condamnés ? Mais moi je n'ai jamais été jugé ni condamné par qui que ce soit !

— Vous, vous êtes un cas spécial, vous avez été pris en flagrant délit...

— Flagrant délit ? Mais qu'est-ce qu'on me reproche? Qu'est-ce que j'ai fait pour être prisonnier ici ?

— Vous vouliez saboter le Centre, vous avez été surpris à rôder autour de l'enceinte !

— Je vous jure que j'étais là par hasard !

— Je m'en fous ! Vous m'embêtez à la fin ! Je ne veux rien savoir ! Pour moi, vous êtes un prisonnier comme les autres. On ne peut tout de même pas vous juger sans savoir qui vous êtes et quels sont vos mobiles. L'enquête en cours le dira. Nous avons envoyé votre signalement à toutes les polices, puisqu'on n'a rien pu tirer de vous. En attendant, vous êtes prisonnier ici! Le N'madi nous regardait en silence, désabusé, il avait déjà signé son imprimé sans le lire.

— Moi je ne signe rien ! dis-je avec une assurance simulée. Je n'ai pas été condamné, je n'ai rien à signer !
On entendit la sonnerie, la porte s'ouvrit et les hommes de la sécurité entrèrent dans le bureau.

— Reconduisez le N'madi au dortoir et faites passer celui-là dans la salle de contrainte !
L'un des hommes me prit violemment par le bras et, malgré mes protestations, m'enferma dans une salle vide avec plein d'yeux de verre sur les murs. Après un moment, je me retrouvai dans le noir. Puis des rayons lumineux multicolores convergèrent vers moi venant de tous les côtés. Mon cerveau se comprima et je ressentis un mal horrible dans ma tête que j'avais prise entre mes mains. Quelques instants après, les rayons s'estompèrent et la lumière revint dans la pièce. L'homme qui m'avait enfermé ouvrit la porte et je fus conduit de nouveau devant l'Intendant qui me tendit négligemment l'imprimé.

— Signez ici, dit-il en posant son index sur le bas de la page.
Je signai à la place indiquée.

— Reconduis-le maintenant !

Au dortoir, il y avait de la lumière, mais je ne vis personne. Je regardai de tous les côtés, intrigué de ne pas voir les autres.

— Ils sont partis, dit une voix derrière moi, du côté de la porte. Ils sont toujours au club à cette heure-ci.

Je me retournai et je vis quelqu'un qui était à moitié debout, les jambes écartées, le dos plié en deux, la tête près du sol et les bras derrière tendus entre les jambes. Il se redressa pour se recourber vers l'arrière, le dos en arc, la tête en bas et les deux mains posées sur le sol, derrière les talons. Je lui demandai ce qu'il faisait là.

— Je fais ma gymnastique quotidienne, une heure tous les soirs, avant de dormir ; ça complète mon heure de footing le matin ; rien de tel pour préserver la santé et l'équilibre de l'organisme.

— La santé ? Et l'équilibre de l'organisme ? Ici !

Il se lança dans de longues explications que je ne pus suivre à cause de mon mal de tête. Il parlait toujours alors que j'étais déjà couché depuis longtemps dans mon lit.

— Tu sais, tant qu'il y a la vie... etc.

Sitôt endormi, je recouvrai ma conscience de voyageur temporel : « J'ai donc bien changé d'époque! Dix siècles, selon la date du tableau du menu ! Et pour en arriver là ! » Toute cette nuit-là, j'invoquais Khadir, en vain. Le matin, avant le lever du soleil, nous étions dans la zone des mines. Les substances radioactives enfouies profondément sous les roches provoquaient chaque nuit de nouvelles fissures et nous roulions les rochers pour alimenter la fondeuse en vue de les colmater. En arrivant aujourd'hui, j'ai jeté un regard en contrebas. Les dunes en croissant fumaient à leurs sommets où se formaient de fins nuages de quartz. Le vent allait se lever.

Plus bas dans le fond de la dépression, les gros porteurs rouges grouillaient dans tous les sens et des combinaisons blanches faisaient la navette entre les entrepôts et les camions garés devant. L'engin de forage était dans notre zone ; il creusait un puits profond dans la roche. Le contremaître nous empêcha de prendre la roche dégagée, nous obligeant à aller chercher les blocs de rochers sur le versant, plus loin, dans la zone d'éboulis.

Un jour, l'Intendant me fit appeler et me remit une enveloppe.

— C'est ta pension, dit-il, sans autres explications.

Le soir, je pus aller au club pour la première fois. C'était après le réfectoire ; j'accompagnais le N'madi et d'autres détenus. On prit l'ascenseur pour descendre en sous-sol. Nous nous étions tous serrés pour arriver ensemble. Je suffoquais et je sentais des odeurs abominables, je toussais pour éloigner de moi l'idée de m'évanouir. Quand l'ascenseur eut fini par s'ouvrir, on se retrouva dans un hall entièrement couvert de miroirs. Quelques impudiques en profitèrent pour ajuster leurs vêtements, vérifier leur coiffure. D'autres n'osèrent pas regarder leur misère en face. J'entr'aperçus une tête grisonnante qui me sembla être la mienne. Puis une vitre s'ouvrit et on s'engagea dans un long couloir faiblement éclairé. Au bout, nous fîmes la queue devant un guichet automatique. Chacun mettait ses billets dans la machine qui lui remettrait un coupon en échange. Puis nous entrâmes un à un. Chacun introduisait son coupon dans la petite fente, à droite, indiquée par la flèche rouge, la porte s'ouvrait pour le laisser entrer et se refermait tout de suite derrière lui. Quand j'entrai, je restai un moment indécis, sans savoir dans quelle direction aller. La musique assourdissante avait négligé mes oreilles, pénétrant mon corps de partout et les graves frappaient mon cœur qui vibrait comme une cloche. Les vapeurs d'alcool, de tabac, de sueur et de meubles humides, longtemps enfermés, se mélangeaient pour donner à l'air ambiant sa note caractéristique, exilant l'oxygène dans un lointain arrière-plan, le réduisant à l'état de souvenir. Des lampes rouges et bleues distillaient une pénombre complice. Loin devant, des spots de toutes les couleurs pleuvaient en arcs-en-ciel sur un carré isolé où se pressaient en s'agitant quantité de corps aux formes indécises. Vers la droite, un immense bar déroulait en demi-cercle ses cristals et son zinc d'or, avec ses tabourets sur lesquels se tenaient haut perchées quelques silhouettes. Je sentis quelqu'un me prendre la main.

— T'es nouveau ? On fait encore le timide ? Allez, viens mon renard du désert, on va te trouver une place !

Je suivais machinalement celle qui m'entraînait, sans avoir eu le temps de distinguer les traits de son visage. Sa chevelure noire, abondante, flottait sur ses épaules et me cachait son profil fuyant. Elle me fit asseoir dans un canapé profond, accolé à une table basse et, avant d'aller dans la direction du bar, murmura dans mon oreille quelque chose d'incompréhensible qui se confondit avec les sons de la musique. J'eus le loisir de la regarder plus attentivement, quand elle revint poser les deux verres pleins sur la table, en se laissant choir lourdement dans le canapé, en face de moi.

— Excuse-moi, dit-elle un peu gênée. J'ai dû prendre du poids ici ...

— Je n'ose pas te demander ton nom, j'ignore le mien...

— Ce n'est pas grave. Moi, mon nom ici c'est Solyma. Le maquillage, sur son visage, n'était pas lourd et ses lèvres charnues ne manquaient pas de sensualité. Mais, au-dessus de son nez fin, ses grands yeux humides exprimaient une insondable tristesse. On eût dit des plages sur lesquelles sont venues se briser toutes les vagues de l'espoir. Elle fit un

153

mouvement vers l'avant pour prendre son verre et je vis à son poignet droit un bracelet étrange qui avait un cadran avec au milieu une aiguille fixe baignant dans un liquide transparent et je remarquai, sous son décolleté osé, sa poitrine généreuse débordant sur la table. J'étais écœuré par la musique, une section rythmique rigoureusement anonyme, une ritournelle perverse qui évoquait sagement la bêtise humaine. Les arrangements des instruments, trop lourds, étouffaient la mélodie. Une voix, désespérément monocorde, bloquée sur une octave, débitait de courtes histoires absurdes, chantées à la première personne, construites sur des vers courts, très simples. Ce n'était qu'un fatras de brimborions, de chansons douillettes mal foutues et noyées dans la complaisance ...

— Je déteste la musique d'ici ! dit-elle brusquement.
Je m'étonnai de sa remarque. Aurions-nous eu les mêmes goûts ? Ou bien, se serait-il agi tout simplement d'une...

— Et toi ? Tu ne sembles pas l'apprécier !
... manifestation du vieil instinct féminin qui pousse les femmes à ne montrer d'elles aux hommes que des masques vides, des fantômes sans âme, sous les vêtements et la parure; une copie fidèle du mâle qui les approche, un simple miroir de ses rêves et de ses désirs?

— Tu ne me réponds rien ? demanda-t-elle, en me prenant la main, dans un geste d'impatience et d'empressement.

— Si, si... Je déteste ce fatras de brimborions qui évoque sagement la bêtise humaine !
Je remarquai qu'elle se délectait à mes paroles, prise d'un immense plaisir, comme si elle buvait dans ma bouche. J'eus un frisson inexplicable qui me souleva toute la peau.

— Sortons, si tu veux ! Nous pouvons aller dans une autre salle du club. Tiens ! Pourquoi ne pas aller dans la salle de billard ?

Dans la salle de billard, l'ambiance n'était pas au jeu. Un homme à la tête démesurée était debout sur la table. Il avait les yeux brillants d'un illuminé rongé par la fièvre de sa passion. Sa barbe noire, fournie et hirsute, lui descendait jusqu'à la poitrine, il portait un petit bonnet blanc brodé et gesticulait en parlant. Les gens se pressaient autour ; certains le tiraient par les vêtements et le menaçaient, d'autres lui riaient au nez, en lui lançant des injures. Quelques autres semblaient l'écouter attentivement, en voulant saisir le sens de ses paroles. Les cris des gens pressés autour de la table m'empêchaient d'entendre ce qu'il disait. Puis quelqu'un cria :

— Mais taisez-vous donc ! Laissez-le parler !

Le vacarme diminua un peu et je pus entendre ce qu'il disait :

—... Cycle d'occultation. Dieu a retiré sa preuve de cette Terre où règnent la corruption et le mal. Mais le jour est proche où l'Imam de ce temps, le Mahdi, viendra pour exterminer les mauvais et réhabiliter les justes...

— Nous n'avons pas besoin de ton Mahdi, cria quelqu'un. La roue du destin nous a tellement écrasés que nous n'attendons plus rien du Ciel !

— Oui, enchaîna un autre, s'il y a encore un espoir de salut, c'est de cette putain de Terre qu'il viendrait !

— De toute façon nous, on ne peut plus se payer le luxe d'attendre !

— Et qu'est-ce qui te dit qu'il viendrait ton type ?

— Et quand ? Hein ?

— Je vous jure qu'il viendra ! Il m'a parlé, je l'ai vu en rêve... Oui, je vous le jure ! Il ne se manifeste qu'à ses fidèles... Il m'a dit : "Cette Terre a longtemps été livrée à la corruption et au mal et maintenant le temps des justes va commencer !"...

— Ça va ! Ça va ! On l'a entendue ta salade, descends! Laisse-nous jouer !

— Et quand est-ce qu'il a dit qu'il viendrait, ton messie ?

— Quand le présent cycle finira...

— C'est ça ! Quand la Terre se sera déjà consumée, happée par le Soleil !

— Oui, mais sois plus précis !

— Je ne sais pas... Dans cinquante ans... Cent peut-être...

Alors un rire sonore, cristallin, impertinent, retentit du fond de la salle, faisant se retourner tout le monde. C'était une fille seule, debout, adossée au mur.

— Oui, que je vous dis ! insista l'illuminé, nous sommes à la fin du douzième cycle d'occultation, le dernier ! Le temps cyclique va recommencer, inauguré par un cycle de manifestation de la Vérité et ce cycle commencera avec l'avènement du Mahdi...

Il fut interrompu par l'arrivée de l'Intendant, entouré d'une douzaine d'hommes de la sécurité portant des casques en fer et brandissant leurs matraques.

— Allez-toi descends de là ! Faites-le descendre ! Allez, écartez-vous !

— Vous êtes les soldats du Mal ! Les corrompus de la Terre! criait l'Illuminé, en se débattant.

— Vous pouvez penser ce que vous voulez, dit l'Intendant en s'adressant à l'Illuminé, vous pouvez dire ce que vous voulez, on est une démocratie, nous ! Mais ne troublez jamais l'ordre public, sinon vous aurez affaire à moi ! Allez, amenez-le ! Foutez-le dans la salle de contrainte pour la nuit !

Et, s'adressant aux autres avant de sortir :

— Pensez, dites ce que vous voulez, mentez, rusez, trichez, mais ne troublez pas l'ordre public ! Jamais !

Quand il fut sorti, les boules se remirent à rouler et les conversations devinrent plus feutrées.

— Tu veux faire une partie ? me demanda-t-elle avec entrain.

— Non, je n'ai jamais pratiqué ce jeu.

156

— Allons nous asseoir !

On se mit à une table à côté de la fille au rire impertinent. J'étais de plus en plus intrigué par le bracelet.

— Tu as un joli bracelet, dis-je, en caressant son bijou.

— Ce n'est pas un bracelet, c'est ma boussole. Elle m'indique la direction des âmes justes. Tu es le premier homme de bien que je rencontre sur terre !

— Qu'est-ce que tu dis là ?

Elle approcha son bracelet de mon visage.

— C'est mon instrument de chasse, dit-elle. Je fais partie d'une tribu de chasseurs intergalactiques qui recherchent les âmes de justice. Nous vivons des conversations avec les âmes justes. Je vis, je respire et je me nourris de ce genre de conversations, qui ont pour moi la même importance vitale qu'ont pour vous l'oxygène, l'eau et la nourriture. Je suis comme ces êtres errant dans la nuit que vous appelez "vampires", mais mon sang à moi, ce sont les paroles qui sortent de ta bouche. Depuis des milliers de vos années, je voyage à travers un trou noir, d'un point à l'autre de la Voie lactée, mais les âmes justes sont si rares…

— Des milliers d'années ! Mais tu en fais à peine trente !

— Je suis comme ces images du passé que vous voyez dans votre ciel et que vous appelez "étoiles", certaines ont mis des centaines de milliards d'années à parvenir jusqu'ici, leur voyage avait commencé il y a longtemps, parfois même avant la naissance de votre galaxie. Je te prends un exemple : regarde cette fille qui se trouve à trois mètres de nous, sur l'autre table, je ne la vois pas comme elle est maintenant, mais plutôt comme elle était il y a un centième de millionième de seconde auparavant, soit le centième d'une microseconde. Bien sûr, vous ne pouvez pas noter la différence à une échelle de temps pareille, mais imagine ce que cela donnerait à l'échelle cosmique… La dernière âme juste que j'ai rencontrée fut un

157

exilé de Véga dans sa retraite sur Phobos... Puis, comme je comptais repartir à la recherche de quelque âme juste du côté de la Terre, j'avais séjourné à Lybia, au point 32 de la nomenclature de votre carte de Mars. Il y a là-bas un Centre d'études terriennes où je restai pendant six années martiennes, un peu moins de douze de vos années, pour étudier les civilisations et les langues de la Terre et m'y mettre en forme, pour ressembler aux terriens. Tu n'as pas idée de l'effort que cela demande, c'est comme si on était recréé une seconde fois! Je fais toujours ces initiations et cette mise en forme préliminaire, chaque fois que je veux communiquer avec une civilisation nouvelle. Maintenant, parle-moi de toi, dis quelque chose !

Je lui contai tout ce que je savais sur moi, depuis ce jour, sur la falaise, où j'ouvris les yeux en plein soleil, pour la première fois, jusqu'à mon arrivée ce soir au club. Il me sembla qu'elle savait plus sur moi que j'en savais moi-même. Je lui demandai de me prêter son bracelet en lui disant que cette boussole serait bien pratique, parce que la plupart des vies brèves clignotant à la surface de cette boule de silicate et de fer avaient depuis longtemps perdu le nord ! Mais elle m'expliqua que sa boussole était en interaction avec son énergie vitale et qu'elle ne fonctionnerait pas pour un humain. Quand on annonça la fermeture du club. Je lui dis que je la reverrais avec plaisir le lendemain soir ; mais elle s'excusa et se lança dans de longues explications pleines de nostalgie et de tristesse.

— J'ai traversé tant de déserts galactiques à ta recherche, mais je suis obligée de repartir. Je ne peux pas m'abreuver à la même source deux fois... Tu vois, c'est comme si tu voyageais à travers un immense désert, vers une destination lointaine et que le temps te fût compté. Quand tu rencontres une source, tu t'arrêtes pour boire, puis tu repars. Tu ne peux pas rester à une même source, elle finira par tarir. Les âmes terrestres sont éphémères comme les sources du désert ! Oui, je suis obligée de repartir. Cette nuit avec toi m'a fait vieillir de plusieurs centaines d'années, tu ne peux pas savoir ! Je suis obligée de te quitter pour un autre lieu, une autre époque, à la recherche d'un sang nouveau, d'une autre source, d'une autre âme de justice. Mais, si tu souffres trop ici, je peux t'aider à sortir.

— Et comment ! bien sûr que je veux sortir !

— Je vais te donner une de mes combinaisons. Quand tu la revêtiras, tu seras invisible et tu pourras sortir quand tu voudras. Mes vêtements, pas ceux que je porte maintenant pour le club, mais mes vêtements habituels sont des combinaisons avec casques, gants et chaussures incorporés qui sont faites avec un tissu spécial qui émet des radiations infrarouges. Quand je vis à mon rythme habituel, à 299.000 kilomètres par seconde, tu peux me voir enveloppée d'un rayonnement chromatique, car les radiations infrarouges émises par mes vêtements sur une courte longueur d'onde sont visibles. Par contre, si je portais l'une de mes combinaisons au rythme où nous vivons maintenant, ou même à un rythme plus rapide, mais trop inférieur à la vitesse de la lumière, tu ne pourrais plus me voir, car les radiations infrarouges de ma combinaison seraient devenues invisibles sur une plus grande longueur d'onde.

J'acceptai d'essayer la combinaison, sans rien comprendre à toutes ces explications et sans trop croire à ses vertus miraculeuses.

— À tout à l'heure, au dortoir, me lança-t-elle avant de sortir.

Je lui répondis dis qu'elle était folle, qu'elle se ferait arrêter par la sécurité.

— Ne crains rien, je porterai ma combinaison !

Nous sortîmes du club, chacun de son côté, par deux portes opposées. À peine étions-nous couchés dans le dortoir, les lumières éteintes, que je sentis une main étrange se poser sur moi et entendis la voix de Solyma dans mon oreille. Elle vint se blottir contre moi, colla sa bouche à la mienne et me supplia de lui dire quelque chose. Je murmurai dans sa bouche des paroles insensées, un délire dans lequel je ne me reconnaissais plus et qui me coupait le souffle.

Quand peu avant l'aube elle décolla sa bouche de la mienne, j'étais épuisé, anéanti, comme vidé de ma propre parole. Elle me dit d'une voix changée :

— Au revoir, j'espère te rencontrer de nouveau, dans une autre époque, et m'abreuver à ta source une seconde fois. Je t'ai apporté la combinaison, elle se trouve sous ton lit.

Je ne lui répondis rien. J'étais incapable de dire ou de penser quoi que ce soit : je n'avais plus de mots ! Je sentais ma langue et mon cerveau vidés, séchés, craquelés. Je restai au lit. Les autres avaient déjà fini de déjeuner et se préparaient pour aller au travail. Le N'madi vint me demander si je n'étais pas malade. Comme je ne répondais rien, il s'inquiéta et alla prévenir l'Intendant qui fit venir un médecin. Celui-ci diagnostiqua une simple fatigue, me prescrivit des remontants et une journée de repos. Quand le dortoir fut vide, je pris la combinaison de sous le lit pour l'enfermer dans mon armoire : on ne sait jamais, les aspirateurs des équipes de nettoyage pourraient l'avaler. Je restai toute la journée dans mon lit, les yeux ouverts, sans rien faire, sans rien penser. Et le soir, quand le N'madi revint de la zone des mines, plus malheureux que Sisyphe, je ne pouvais toujours pas parler. Il trouva quand même assez d'énergie pour s'apitoyer sur mon sort, à haute voix.

— Le pauvre ! Il avait déjà perdu la mémoire et maintenant, il perd encore l'usage de la parole !

Je gardai le silence pendant plusieurs semaines, mais cela n'empêcha pas le contremaître de me faire rouler les rochers dans la zone de mines. À bien y voir d'ailleurs, peut-être bien qu'un Sisyphe muet eût mieux valu qu'un Sisyphe parlant.

Au bout de quelques mois, ne pouvant plus supporter la vie du Centre, je décidai de rechercher, dans les premières pousses de ma parole, les mots nécessaires pour parler au N'madi de mon projet d'évasion. Je ne savais pas où aller, le monde pour moi se limitait au Centre. Peut-être bien n'y avait-il que des centres comme celui-ci, partout. Il était inutile de sortir de l'un pour tomber dans l'autre. Il me fallait les conseils du N'madi. En ces jours-là, je fus incapable de retrouver le mot "combinaison" pour lui expliquer comment je comptais m'évader. En l'absence du mot pour la désigner, je voulus la lui faire toucher, mais il s'entêta. J'insistai à plusieurs reprises.
— Regarde ! Touche ! Là ! C'est entre mes mains !
Mais il ne daigna même pas tendre la main pour toucher, il me regardait avec des yeux exorbités et finit par me prendre pour un fou. Au bout de plusieurs jours de discussions par gestes, ponctuées de mots rares et hésitants, il consentit à me donner l'adresse de Vala, une N'madia qui habitait à Touil, la deuxième station sur l'autoroute du Sud, en partant du Centre.

Le lendemain matin, je restai dans mon lit attendant que tous les autres fussent partis. Quand je me retrouvai seul, j'ouvris mon armoire et enfilai prestement la combinaison de Solyma. Puis je sortis à pas feutrés du dortoir, ne faisant pas trop confiance aux infrarouges, mon souffle coupé, craignant qu'on me vît. J'évitais de passer trop près des employés et des agents de la sécurité. Je pensais qu'à tout moment, ces derniers allaient se retourner dans ma direction pour m'interpeller. Mais je réussis à parvenir jusqu'au téléphérique et à monter avec les autres, sans attirer l'attention. À la station des vestiaires, tout le monde descendit s'équiper pour le travail et je restai seul dans la cabine avec un agent de la sécurité qui se curait le nez avec ses dix doigts. Je pensais qu'il allait d'un moment à l'autre remarquer ma présence et me crier en me menaçant : "Hé, toi là ! Qu'est-ce que tu fais ici ? Pourquoi tu n'es pas avec les autres ? Descends !", mais il m'ignorait toujours. Les autres remontèrent, entièrement occultés par leurs combinaisons sinistres, mais toujours visibles. Et le téléphérique reprit sa descente. Je vis trois hommes descendre à la station des mines, sans pouvoir savoir lequel était le N'madi et je continuai jusqu'à la zone des entrepôts. Je descendis et me dirigeai vers le camion le plus proche, stationné devant l'un des hangars. Ses deux convoyeurs remplissaient les fiches. Je me glissai par la porte de la cabine, restée ouverte et m'allongeai sur la couchette, derrière les sièges. Quand le déchargement fut terminé, les deux convoyeurs remontèrent et le camion se dirigea vers la sortie du Centre, au sommet de la falaise.

— Je n'aime pas Imdel, dit celui qui conduisait, les employés ici sont trop compliqués !

— Oui, lui répondit son coéquipier, les gens ici sont trop cons. Moi, je préfère ceux du centre d'Aratane. Ceux-là au moins te sortent parfois quelques blagues sinistres !

À la sortie, le conducteur présenta son pass et la grande grille surmontée de barbelés s'ouvrit pour laisser le camion descendre l'autre versant, vers le large. J'étais toujours aussi inquiet. Je me disais que les convoyeurs pourraient me découvrir, qu'ils allaient remarquer ma présence au moindre de mes mouvements sur la couche juste derrière eux et m'assassiner sans témoin. Cependant, il fallait bien reconnaître que les infrarouges de Solyma ne m'avaient pas trahi jusqu'à présent. Je restais quand même inquiet. Peut-être le camion avait-il pris le sens opposé à celui de Touil. Et si on allait dans

162

la bonne direction, allaient-ils s'arrêter à la station de Touil ? Et s'ils s'y arrêtaient, comment allais-je pouvoir descendre sans attirer l'attention... ?

Le coéquipier s'était mis à ronfler et le conducteur avait un moment mis la radio, en captant une station périphérique qui diffusait des annonces ponctuées de musique... Puis, il mit le pilote automatique, inclina son siège au maximum jusqu'à m'écraser, et se vautra pour regarder une cassette porno... Plus tard, quand le coéquipier fut réveillé, ils se lancèrent dans des discussions interminables au sujet de leurs projets.

— Moi, disait le coéquipier, j'ai amassé tous mes salaires pendant deux ans, mais j'hésite sur la meilleure manière de les faire fructifier. Je suis parfois tenté par le jeu, mais c'est trop risqué !

— Tu peux gagner gros si tu mises ton argent dans les courses de Mars...

— Non ! Tu ne connais pas les bookmakers là-bas !

— Tu peux essayer la bourse !

— Je ne fais pas le poids, il faut avoir de grosses sommes. Non, je crois plutôt que je vais mettre mon argent dans un compte épargne. Il paraît que si tu y laisses une somme pendant quinze ans, sans y toucher, elle sera triplée !

— Et qu'est-ce que tu feras de tout cet argent, dans quinze ans ?

— Je me marierai et je construirai une mignonne petite maison avec un abri antiatomique !

— Quel veinard ! Je n'ai pas autant de chance que toi ! Je suis sans le sou et pourtant ma fiancée tient à ce qu'on se marie dans cinq ans, quand elle aura fini son tour de la Terre à vélo! J'essaie de l'amener à changer d'avis, mais elle est têtue. Tu ne peux pas t'imaginer comme elle est têtue ma fiancée. Je lui répète sans cesse qu'on ne peut pas se marier dans cinq ans, parce qu'on n'aura pas encore gagné assez d'argent, mais elle ne veut rien savoir ! D'ailleurs moi ce n'est pas l'argent qui me fait hésiter. Écoute ! Quand on se marie, c'est bien pour faire des enfants, n'est-ce pas ?

— Oui, bien sûr ! C'est pour avoir des enfants et des petits-enfants qu'on dorlotera le soir, au coin du feu, sur nos vieux jours !

— Oui, mais tu vois, moi je ne veux pas faire d'enfants ! Et ça, ma fiancée ne peut pas le comprendre. À quoi bon faire des enfants dans un monde aussi dégueulasse, en plein dans cette poubelle internationale, et qui seront condamnés à souffrir et à mourir en forçats de la Terre, parmi les parias du système solaire, sans aucune issue possible ?

— Tu es bien pessimiste ! Peut-être nos enfants ou nos petits-enfants trouveront-ils une issue aux impasses dans lesquelles nous les avons conduits… Mais quand j'y pense… peut-être bien que tu as raison… Notre responsabilité est trop grande… Putain alors ! Quel héritage !

Vers le début de l'après-midi, le camion ralentit pour se garer dans une immense aire de stationnement, devant un bâtiment bariolé à enseignes changeantes et lumineuses. Une inscription gigantesque couvrait tout le haut de la façade : "Touil. Relais 24 heures". L'équipage était descendu et le chauffeur était derrière le capot ouvert. Toute l'aire était emplie du vacarme des moteurs tournants. Des camions se garaient, d'autres se dirigeaient vers la sortie pour regagner l'autoroute. Ceux qui étaient stationnés avaient les portières et les capots ouverts, avec un homme ou deux s'affairant autour. Je poussai la portière et sautai pour tomber lourdement sur l'asphalte. Le chauffeur leva la tête pour regarder de mon côté, mais finit par se replonger dans son moteur. Je quittai le camion sans me retourner. Le N'madi m'avait dit que la maison de Vala se trouvait derrière le fossé, à droite de l'autoroute, en sortant de Touil. Il avait même dessiné un plan sommaire sous l'adresse. Je cherchais la feuille dans la poche de ma combinaison, mais j'avais du mal à la trouver et la prendre dans ma main gantée. Puis je vis devant moi, sur le bord de l'autoroute, une grande plaque sur laquelle était écrit le mot "Touil" barré d'une bande rouge et, en regardant en avant vers la droite, je vis le fossé. J'y descendis pour ensuite escalader le monticule derrière. Quand j'arrivai au sommet, j'étais essoufflé, je vis immédiatement, légèrement en contrebas, une petite maison entourée d'une haute enceinte longée par une haie et je me mis à courir dans sa direction, sans prendre le temps de reprendre mon souffle. J'entendais des chiens aboyer, une meute excitée. Aucune entrée n'était visible dans l'enceinte. Je me mis à en faire le tour à la recherche de la porte et ne la trouvai que dans le côté opposé à celui par lequel j'étais venu. C'était un haut portail en bois, les battants entrebâillés. J'entendais les chiens de l'autre côté. Je sonnai plusieurs fois, mais personne ne vint ; il n'y avait que les aboiements féroces des chiens, comme à la chasse. Le souvenir de ma combinaison me donna un peu de courage et je poussai la porte pour entrer. La cour, très vaste, ressemblait à un parc sauvage. Les arbres encombraient la vue. Je n'apercevais que quelques lambeaux de la maison située quelques centaines de mètres plus loin. Les aboiements se rapprochaient dangereusement. Puis, entre les arbres maintenant clairsemés, je vis la maison, et à l'ouest, dans un vaste espace nu, une jeune femme au milieu de la meute de chiens. Il y avait, jeté par terre, un mannequin déchiqueté, réplique exacte d'un convoyeur. Les chiens se mirent à hurler étrangement en rasant le sol et en se blottissant tous derrière leur maîtresse, qui lança tout autour des regards inquiets. Quand je fus près d'elle, les chiens tremblaient en claquant des

165

dents, on se serait cru dans un café, avec une centaine de serveurs, tous ravagés par la maladie de Parkinson !

— Bonsoir ! C'est vous Vala ?

Elle se retourna de tous les côtés, morte de peur.

— Mon Dieu ! Qu'est-ce que c'est ?

Je pris conscience brusquement de l'effet des infrarouges de Solyma et fis sauter la tête de la combinaison. La maîtresse des chiens me tournait le dos, fouillant du regard dans l'autre côté.

— C'est vous Vala ?

Elle cria et pivota sur ses talons pour regarder dans ma direction, poussa un long cri strident en levant les bras, les mains ouvertes, fit un bond en arrière et tomba à la renverse au milieu de ses chiens. Elle resta immobile, sans connaissance. Je fus pris de remords, j'aurai dû enlever la combinaison avant d'entrer. Je l'enlevai avant de prendre la jeune femme dans mes bras. Je m'assis loin des chiens et la maintins couchée sur mes jambes, je lui tapotai doucement les joues :

— Réveillez-vous ! Je suis vraiment désolé ! J'ai dû vous faire peur, excusez-moi ! J'avais oublié les infrarouges de Solyma !

Quand elle ouvrit les yeux, elle me repoussa pour se remettre debout.

— Qui êtes-vous ? Que faites-vous ici ? Vous avez la même tête que celle que j'ai vue flotter sans corps, suspendue entre ciel et terre !

Je lui parlai de la combinaison, mais elle ne voulut pas me croire. Il fallut lui faire plusieurs démonstrations, mettre et ôter la combinaison plusieurs fois, pour la voir un peu calmée. Ses chiens étaient toujours aussi effarouchés.

— Les pauvres bêtes ! dit-elle, je ne les ai jamais vus dans un si piteux état, je ne pensais pas qu'ils pouvaient attraper une peur pareille ! Et moi qui comptais sur eux pour éloigner les rôdeurs ! Mais vous, vous devez être un tremblement de terre ou un phénomène apparenté !

Je lui parlai du N'madi ; elle ne voyait pas qui c'était.

— Il dit que vous étiez ensemble à Windcity et qu'avant sa condamnation, vous étiez déjà installée ici. Il dit qu'il vous a écrit pour vous prévenir quand il a été arrêté…

— Je retrouverai sa lettre. Maintenant, excusez-moi, allez m'attendre dans la maison ; je vais tenter de calmer les chiens.

Je passai avec difficulté le seuil à cause des oiseaux de toutes sortes qui entraient et sortaient. L'intérieur était encore plus désordonné que la cour ; c'était comme une serre ou le magasin d'un parc : des oiseaux très beaux et très pittoresques, des plantes de toutes espèces et de toutes les saisons qui grimpaient ou rampaient en s'enlaçant parfois ; des fleurs odorantes, des pierres de toutes les tailles et de toutes les couleurs et quantités de petits animaux en liberté, dont un rat des pyramides et un mulot sylvestre qui se disputaient violemment. Je finis par me frayer un chemin entre les plantes pour m'asseoir sur une chaise entr'aperçue.

À l'approche du crépuscule, les oiseaux devenaient de plus en plus agités, ils gazouillaient et volaient dans tous les sens, se heurtant parfois au plafond où ils s'arrachaient sur les poutres les perchoirs les plus hauts. Quand elle revint dans la maison, Vala me trouva assis, toujours aussi inconfortablement, cherchant la bonne position pour ne pas érafler une plante ou écraser l'une des multiples petites bêtes qui grouillaient sous la chaise. Elle me fit un signe de la tête :

— Venez, nous allons monter !

Ce fut par un petit escalier de bois en colimaçon, que je n'avais jusqu'alors pas découvert. Elle me fit asseoir dans une pièce rectangulaire aux murs nus, avec quelques écrans et beaucoup de livres et de coussins jetés par terre. Je pris place sur un coussin avec quantité de poils dessus et je me mis à éternuer fortement, sans discontinuer. Elle me servit en silence une boisson chaude et parfumée, avec des feuilles vertes flottant dessus.

— Je m'excuse pour mon intrusion, mais je ne savais pas où aller… Et comme elle ne répondait rien, je continuai un peu gêné : Je suis tout seul au monde ! Je n'ai personne, vous savez…

— Vous n'avez pas de parents, pas d'amis ?

— Je n'ai personne !

— Et cette Solyma qui vous a fait évader ?

— Oh, celle-là ! Vous ne pouvez pas imaginer ! Je ne sais même pas pourquoi je dis "celle-là", car ce n'est pas une femme, ce n'est même pas un être humain. Elle avait seulement pris l'apparence d'une femme, pour pouvoir communiquer avec les humains… C'est un vampire qui se nourrit de paroles! C'est sur Mars qu'elle s'était mise en forme, pour ressembler aux humains… Non, ce n'est pas une personne, c'est un vampire qui voyage dans un trou noir, d'un point à l'autre de la Voie lactée !

— Et vos parents ? Que sont-ils devenus ?

— Mes parents ? Je n'en ai pas… Je suis né tel que vous me voyez ! J'ai ouvert les yeux il n'y a pas longtemps, c'était au sommet de la falaise qui domine le centre d'Imdel…

Je crois qu'à partir de ce moment-là, elle renonça à dénouer l'écheveau de mon énigme et rapporta l'absurdité de mon existence à celle de la sienne, en m'acceptant tel que j'étais. Elle décida d'oublier mon côté insolite. Elle s'était de plus en plus attachée à moi et me traitait comme ses oiseaux ou ses autres petits animaux. Il me semblait qu'elle me considérait comme le témoin précieux d'un monde ancien, le vestige fragile d'un univers disparu. Quand elle me touchait, c'était toujours avec beaucoup de précautions, comme s'il se fût agi d'un vase précieux exhumé d'un site ancien. Elle était toujours triste et pleurait souvent, sans raison. Il lui arrivait de s'absenter durant de longues semaines et je restais seul à la maison m'occupant des plantes et des animaux. Le soir, je lisais ses recueils de poèmes sur la nature, alors elle devenait présente et me parlait. Elle avait toujours eu une passion sans limites pour la nature. C'est cette passion qui l'avait amenée à quitter Windcity.

Elle détestait Windcity et j'en étais venu moi-même à détester à mon tour cette ville qu'elle m'avait décrite tant de fois. « Imagine une ville enveloppée dans un voile épais de poussière irradiée, chargée d'émanations agressives qui donnent à la lumière du jour un aspect gris-jaune désolant. Une ville sans plan ni architecture, où chacun a squatté un espace pour construire un abri ou un palais, en rivalisant de mauvais goût. Une ville dont les voies en labyrinthe, toujours ensablées et poussiéreuses, sont souvent bouchées par des monticules d'ordures, des animaux domestiques, ânes, chèvres, moutons, chameaux et vaches en liberté, parfois leurs cadavres en décomposition, plusieurs jours après leur mort, empoisonnés par les déchets toxiques dont ils se nourrissent dans les décharges publiques ou percutés par un véhicule de passage. N'eussent été les monticules d'ordures qui la ceinturent et dont l'odeur fétide charge l'air jusqu'au fond de l'océan, Windcity eût été depuis longtemps engloutie par les sables.

» Hommes, bêtes et machines grouillent dans tous les sens à la recherche de leur subsistance quotidienne. Par moment, çà et là, une mort subite inexpliquée, une bête ou une personne, un accident ou un véhicule qui s'enlise sur un axe fortement ensablé, arrêtent brutalement la folle errance. Un cadavre, un

169

véhicule hors d'usage ou en panne, un attroupement, une mêlée, une rixe ou une altercation se seront mis en travers du chemin des choses et des êtres errants. Mais, très vite, le bouchon sera résorbé et le flot du devenir aura repris sa course infernale.

» Avec la nuit, la clameur baisse, l'air s'adoucit et devient transparent. Les rues sombres s'éclairent des phares des carcasses brinquebalantes et des voitures de luxe éblouies par le scintillement des regards lancinants des péripatéticiennes. Le commerce de la drogue et du potassium iodé est florissant la nuit. La drogue aide à se consoler d'être né, à oublier les misères de la journée écoulée et à ne pas penser à celles du lendemain. Quant au potassium, il aide ceux qui, accrochés désespérément à la vie, veulent coûte que coûte survivre quelques années ou quelques jours encore aux effets de la radioactivité. Les responsables de l'Office National de la Prévention sanitaire (ONPS), établissement public créé et subventionné pour fournir aux citoyens de la République du Barzakh les produits nécessaires à la lutte contre les effets de la radioactivité, détournent la plus grande partie des stocks pour alimenter le marché noir. Devant les bureaux de l'ONPS disséminés dans tous les quartiers de Windcity, on peut voir à tout moment de la journée, les longues files d'hommes, de femmes et d'enfants qui réclament leur dose quotidienne de potassium. De petites quantités seront distribuées à quelques privilégiés et à ceux qui se seront assuré les services d'un agent qu'ils auront corrompu. Aux autres, on annoncera que le stock est maintenant épuisé, qu'il n'y aura plus d'approvisionnement pour la journée et qu'ils feraient mieux d'aller tenter leur chance dans un autre bureau. La vente du potassium est interdite, l'ONPS étant supposé monopoliser la distribution gratuite et en quantité suffisante de ce produit. En réalité, ceux qui tiennent à leur dose quotidienne sont souvent obligés de la payer au prix fort, sur le marché noir tenu d'une main de fer par Tangalla lui-même.

» À Windcity, l'inégalité et l'injustice sont visibles à chaque coin de rue. Les devises rapportées par les centres internationaux de stockage des déchets toxiques et produits dangereux ne profitent qu'à Tangalla et son clan. Le fossé abyssal entre les riches et les pauvres se creuse chaque jour davantage. Au nord-ouest, du côté de la corniche, le quartier résidentiel - formé autour du palais de Tangalla, et comprenant les ambassades, les luxueuses villas des courtisans et les hôtels- n'est qu'un point minuscule dans l'immense bidonville qui, sur des dizaines de kilomètres, s'étale vers le nord, l'est, le sud et le sud-ouest ; des centaines de milliers d'abris insalubres jetés pêle-mêle, qui se multiplient chaque jour en gagnant des terrains sur les décharges publiques. La proximité du port, où sont débarqués les déchets toxiques et les produits dangereux destinés aux différents centres de stockage, entretient dans l'atmosphère un taux anormalement élevé de pollution et de radioactivité. »

Elle m'avait parlé de son dépit, quand, après certaines nuits passées à regarder les étoiles naître et mourir, la lumière blafarde du petit matin occultait le ciel et éclairait l'immensité lépreuse des maisons de Windcity. « Quel contraste, disait-elle, entre la beauté glorieuse de l'immensité stellaire et ces constructions basses qui frappent par leur laideur et leur désordre. Devant le spectacle de cette ville qui, dans ces moments, ressemble à une prostituée laide, dont les fards lourds se sont décomposés pendant la nuit, la même interrogation funeste me tourmentait toujours l'esprit : à quoi bon le genre humain... ? »

Une nuit, alors que j'étais endormi à côté d'elle, je fus réveillé par ses pleurs. Je lui demandai avec insistance pourquoi elle pleurait. Ce fut alors qu'elle me parla, pour la première fois, de son enfant retenu là-bas...

— Je n'hésiterai pas à commettre les pires folies pour sauver mon enfant !

Pour cette dernière phrase, elle avait pris un accent bizarrement tragique, comme si elle avait la prémonition d'un grand malheur.

Nous regardions souvent la télévision, le soir surtout avant de dormir. Comme ce soir-là, alors qu'elle venait de rentrer à la maison, après l'une de ses longues absences. Il y avait les informations. La première partie du journal télévisé était consacrée, comme d'habitude, à la relation des faits et gestes de Tangalla. Le journal fut ouvert par les images de Tangalla recevant le Président Directeur Général de RSNW International, une multinationale qui s'occupait du retraitement et du stockage des déchets radioactifs. Vala ne put s'empêcher de s'écrier :

— Regarde donc ça ! Il est tout sourire devant ce porc. Il quémande sûrement une nouvelle subvention pour l'un de ses centres !

Une voix off accompagnait les images de la cérémonie : "... avec laquelle notre pays entretient une coopération sincère et fructueuse. Il faut rappeler à ce propos qu'une mission de RSNW International a visité récemment la région du Hodh Oriental où elle a promis de construire de nouveaux centres de stockage et une usine de retraitement." Le présentateur revint à l'écran. Son maquillage épais n'arrivait pas à masquer ses traits fatigués et sa mine bouffie. Les yeux fixés sur le téléprompteur, il lisait les nouvelles sur un ton laborieusement

énergique, indifférent aux comédies et aux drames relatés. "…
Au Hodh Oriental, Urgence Sahara a revendiqué l'attentat
commis hier contre des camions transportant du matériel
destiné à la construction d'un centre de stockage dans cette
région. Rappelons que cinq convoyeurs ont trouvé la mort
dans cet attentat et qu'une quantité importante de matériel a été
détruite, le coût des dégâts est estimé à 25 millions d'ouguiyas.
La guérilla du mouvement Urgence Sahara, recrute
essentiellement dans les milieux N'madis, l'ancienne tribu
nomade qui vivait de la chasse des antilopes addax, dans le
Grand Désert. Les terroristes emploient les mêmes méthodes
que leurs ancêtres, mais à la place des addax exterminés, ils
ont dressé leurs chiens sloughis à la chasse des convoyeurs,
facilement identifiables aux volants de leurs gros camions
rouges, avec leurs combinaisons blanches et leurs masques de
protection. Les terroristes opèrent tout le long de l'autoroute
principale que les convoyeurs empruntent pour transporter les
déchets vers les centres de stockage du Grand Désert. Mais
c'est surtout sur le tronçon Tamoukrert-Awana que les
attaques sont les plus fréquentes. Sciences maintenant. Une
équipe de l'Institut de Géophysique a noté que le gaz
carbonique, gisant actuellement dans les roches sédimentaires
sous forme de carbonates, commence à s'échapper sous l'effet
de la chaleur et se répand dans l'atmosphère. Si ce phénomène
continue de prendre de l'ampleur, les océans entreront en
ébullition et la Terre deviendra la marmite du diable"…

Je fus réveillé par Vala un peu avant l'aube. Elle avait
allumé la lumière et tremblait de tous ses membres. Elle était
trempée. Elle me dit qu'elle venait de faire un cauchemar
horrible :
— J'ai dormi d'un sommeil profond et agité, ponctué de
cauchemars et de rêves étranges. Et puis, un monstre est venu
173

avec Tangalla. Il a allumé un grand feu au pied de notre lit. Il avait le cou frêle, la face maigre et osseuse, les yeux rouges, le front étroit et ridé, le nez plat, la bouche énorme, les lèvres gonflées, le menton court et effilé, une barbe de bouc, les oreilles droites et pointues, les cheveux raides et en désordre, des dents de chien, l'occiput en pointe, la poitrine et le dos en bosse, les vêtements sordides. Il soufflait sur le feu, se démenait furieusement et agitait une cravache sur la tête de Tangalla qui, en horrible forçat nu, alimentait le feu sous la marmite. Quand la marmite s'est mise à gronder, secouant violemment son couvercle, le monstre m'a saisie, arraché tous mes vêtements et m'a jetée dedans… C'est terrible ! Je n'arriverai plus à me rendormir !

J'essayai de la calmer un peu, mais elle se lamentait toujours.

— Nous sommes menacés par de terribles catastrophes et nous restons sans rien faire. Je crains qu'une surchauffe dévastatrice ne se produise, que l'exil du Paradis ne se réédite en exil de la Terre et, qu'errant pour une nouvelle éternité, l'humanité n'ait plus de la Terre qu'une image télescopique, comparable à celle de Vénus. Notre terre est aujourd'hui un monde à l'agonie où la vie ne s'accommode plus de la démesure, de l'injustice et de l'arrogance de l'homme. Aucune vie ne pourra résister aux dangers de la pollution chimique et nucléaire, à la désertification, à la surpopulation et aux pénuries d'eau et de nourriture. L'homme a façonné la Terre, il a fait de la planète ce qu'elle est, il a modifié le milieu terrestre de façon aveugle et irréfléchie, pour sa convenance personnelle et en vue d'un profit économique à court terme, plutôt qu'au bénéfice à long terme de ses habitants. Une couche de pollution, de gaz carbonique et de vapeur d'eau s'est formée autour de la Terre, épaississant son atmosphère au point d'interdire à la plus grande partie de l'émission thermique infrarouge de s'échapper dans l'espace. Cet effet de surchauffe

174

portera la température à la surface de la Terre à 400°C et plus. Notre planète deviendra la marmite du diable. Et les responsables de cette situation ont abandonné la Terre et nous ont laissés ici, en nous interdisant de sortir de cet enfer...

Je trouvai qu'elle avait raison de s'inquiéter. Devant sa détresse extrême, je tentai de lui faire entrevoir une lueur d'espoir.

— Tu as raison, la vie sur Terre n'est plus possible ! Il y a cependant d'autres lieux plus propices dans le système solaire et ailleurs... Bien sûr, il y a les barrages de sécurité autour de la Terre et les visas de plus en plus difficiles à obtenir, mais je suis sûr qu'un jour, nous pourrons toi et moi quitter définitivement cette vieille Terre pour aller nous installer sous des cieux plus cléments, coloniser des déserts lunaires, pique-niquer sur les anciens rivages martiens ou dans des forêts célestes. Ou peut-être, irons-nous à l'aventure dans de lointaines mégapoles galactiques...

— Tu sais parfaitement que tous ces projets sont délirants ! Nous vivons dans un environnement saturé de pollution chimique et nucléaire, notre espérance de vie est nulle et les projets nous sont interdits !

Touché par son désespoir, je risquai :

— On pourrait tenter quelque chose et ne pas rester passifs...

— C'est justement ce que j'allais te proposer ! Mes chiens sont maintenant prêts. Pendant longtemps je les ai entraînés à la chasse des convoyeurs !

L'aube assassine nous surprit discutant du lieu de notre première opération.

Quelques jours plus tard, nous étions à Cheggat, avec nos chiens. Nous avions repéré le gibier à plus de cinq kilomètres du lieu de l'attaque, un gros camion porteur qui stationnait encore dans l'aire de repos. Après avoir identifié notre cible, nous nous étions séparés. Chacun était allé sur un côté de l'autoroute, suivi par sa meute de chiens sloughis, tendus et dociles. Nous nous étions cachés derrière les ergs en bordure. En arrière, sur mes deux côtés les chiens, muets comme des carpes, gardaient leurs yeux fixés sur mes mains dont un seul geste suffisait pour leur faire exécuter le mouvement voulu. Lorsque le camion arriva à notre niveau, un même cri emplit le désert : «Alehgou ! Alehgou ! Wouch ! Wouch !» et nous nous lançâmes derrière nos chiens aboyant à la poursuite du camion qui augmentait sa vitesse pour échapper à la meute féroce. Mais les chiens étaient déjà partout, sur le capot, accrochés aux deux côtés de la cabine, leurs gueules béantes aux canines acérées rageusement collées au pare-brise et aux vitres des portières. D'autres chiens enfonçaient leurs crocs dans les pneus qui éclataient, déchiquetés. Le camion finit par s'arrêter, non sans avoir écrasé dans sa course quelques chiens qui mouraient en poussant de longs cris stridents et saccadés. Les camionneurs avaient sorti leurs armes, mais ils restaient barricadés dans la cabine. Je saisis une grosse pierre et la lançai contre le pare-brise qui éclata en mille morceaux. Alors les convoyeurs ouvrirent le feu. Je fus blessé, mais plusieurs chiens avaient réussi à s'engouffrer dans la cabine. Ils mordaient les convoyeurs, les tiraient hors de la cabine par-dessus le capot, pour tomber lourdement avec leurs proies sur l'asphalte ensanglanté... Je vis fondre sur nous des machines venues du ciel, lâchant des fusées qui explosaient au sol. Je plongeai sur Vala et l'entraînai avec moi, en roulant sous le camion. Les chiens furent exterminés. Nous fûmes enchaînés, pour être transportés vers la garnison d'Aghreijit.

Le premier jour à Aghreijit, je reçus dans ma cellule la visite de deux personnes parfaitement anonymes portant des lunettes et des serviettes noires bourrées de dossiers. Elles se présentèrent comme étant mon avocat et le délégué de SOS Prisonniers, me donnèrent plusieurs fiches compliquées à remplir qui commençaient par des casse-têtes du genre : "Nom, prénom", "nom du père", "nom de la mère", "date et lieu de naissance", etc. Puis pendant longtemps des enquêteurs musclés et inquiétants vinrent plusieurs fois par jour me menacer et me poser les mêmes énigmes, pour lesquelles je ne trouvais aucune réponse : "Qui es-tu ?", "D'où viens-tu ? ", "Quels sont tes mobiles ?", etc. Le délégué de SOS Prisonniers disait que je ne pouvais pas comparaître devant le tribunal avant d'avoir rempli les fiches.

Je restai sans nouvelles de Vala, jusqu'au jour où je reçus d'elle une lettre qui me frappa complètement de stupeur. Elle m'apprenait qu'elle se trouvait à Windcity, qu'elle avait "réussi à s'attacher le cœur de Tangalla, qui maintenant parlait de mariage de plus en plus souvent" ! C'est fou comme les femmes maîtrisent l'art de s'adapter et de nouer de nouvelles relations… Dans cette même lettre, elle disait que la perspective du mariage ne l'enchantait pas particulièrement, mais que le moment venu, elle dirait oui, à cause de son fils qu'elle ferait profiter au maximum de sa nouvelle situation. Puis elle m'avouait ses remords. Elle disait que son instinct de survie et son égoïsme torturaient sa conscience ; elle disait aussi qu'elle doutait que son amour pour son fils puisse valablement justifier ses rapports avec un pollueur et un assassin et avouait que seules la lâcheté et la corruption humaine pouvaient expliquer sa soumission…

Une fois, je reçus la visite de l'avocat. Il venait pour m'apprendre que le juge avait décidé de me déférer sans attendre les fiches. Il me conseilla d'avouer mon identité si je voulais un jugement clément. Lui non plus ne me croyait donc pas quand je lui répétais sans cesse que je ne savais pas qui j'étais. Puis je reçus une nouvelle lettre de Vala où elle m'apprenait que son mariage avec Tangalla serait célébré au début de l'hiver. Et je ne pensais plus à rien d'autre. Je comparus devant les juges, indifférent à ce que serait leur sentence. Ils me chargèrent de tous les crimes, me traitant de "mercenaire dangereux venu de l'étranger", d'"espion super-entraîné", de "terroriste qui a abusé de l'hospitalité d'une femme crédule", etc. Quand le verdict tomba, je l'accueillis sans surprise : "... En conséquence, vous êtes condamné à être privé d'eau jusqu'à ce que mort s'ensuive ! La sentence sera exécutée à Ghallawiya." Je me retrouvai au sommet de la montagne, livré à la soif, entouré par un double cordon de sécurité qu'on relevait toutes les heures. Je pensais et repensais à ce qu'allait être le mariage de Vala et Tangalla après ma mort.

Pendant sept jours, les citoyens du Barzakh feront la fête pour célébrer le mariage de leur Président. Il y aura des messages et des télégrammes de félicitations du monde entier. Mais le temps ne sera pas de la fête : une violente tempête de sable soufflera pendant deux mois, jour et nuit, sans interruption, comme à chaque début d'hiver, l'air sera saturé par une poussière gris-jaune nauséabonde. Mais cela n'empêchera pas les Barzakhiens de danser, de chanter du fond de leurs gorges remplies de poussière radioactive et de manger des mets assaisonnés de sable qui grinceront sous la dent. Une semaine avant le mariage, Vala sera livrée aux forgeronnes qui, dans la tradition barzakhienne, s'occupent de la préparation de la mariée. Il y aura des forgeronnes pour la coiffure, d'autres pour le henné, des habilleuses, des maquilleuses, des préposées à la préparation du thé... Elles rapporteront les commérages et gaveront la mariée de mots obscènes, pour la doper en prévision de la nuit de noces.

Tout le temps que durera la préparation, Vala aura le sentiment d'être un cadavre qu'on prépare pour l'enterrement. Affairées tout autour, comme une nuée d'abeilles, les forgeronnes seront pourtant gaies : certaines parleront à haute voix, d'autres riront bruyamment et sans retenue. Certaines seront pendues aux cheveux de la mariée, peignant cette partie, tressant ou pommadant cette autre. D'autres se saisiront des pieds et des mains sur lesquels elles dessineront des arabesques compliquées avec du sparadrap qu'elles sculpteront méticuleusement à l'aide de fines lames de rasoir. D'autres auront de gros morceaux de glace qu'elles appliqueront régulièrement sur les mains et les pieds, les empêchant ainsi de suer, pour une bonne fixation de l'adhésif. Les mêmes mélangeront et modèleront la pâte lisse bleu-foncé du henné destiné aux mains et aux pieds, qui seront enveloppés pendant quarante-huit heures, momifiés dans du plastique.

Aux quatre coins de la pièce, les brûle-parfums distilleront vers le plafond leur fumées légères, comme les âmes d'esprits enchantés punis et enfermés durant des millénaires au fond de bouteilles perdues dans les profondeurs des océans, mais qu'une main providentielle libéra un jour. Des vierges soulèveront les voiles de la mariée pour glisser dessous des petits encensoirs fumants. L'air ambiant, raréfié, sera saturé d'une forte odeur composée d'un mélange de bois odorant, de poudre précieuse, de gomme parfumée, de feuilles de figuier d'enfer, d'oum kweirissa et de parfums, qui fera tourner les têtes, soûlera les sens et les libérera de l'éternelle dépendance à l'égard de l'oxygène. On préparera aussi le voile neuf que la mariée mettra pour la nuit de noces, deux pièces d'un tissu bleu indigo très fin et transparent de cinq mètres de long et de quatre-vingt-cinq centimètres de large, cousues ensembles. Pendant toute la semaine qui précèdera le jour du mariage, ce voile ne cessera d'être arrosé de parfums, enfumé à l'encens et saupoudré de poudre de Tidikt, pour être fortement noué, enroulé en boule et enveloppé dans un plastique, pour que l'odeur le pénètre au maximum. Un glorieux chignon sera dressé sur le devant de la tête de la mariée dont il retiendra le voile. Les coiffeuses l'orneront de bijoux d'or, de perles et de coquillages. Quand les pieds et les mains seront délivrés, les fines tiges de bois, tenues par les mains habiles des forgeronnes, feront glisser la pâte homogène et lisse du henné légèrement desséchée et les arabesques de sparadrap seront décollées, laissant apparaître les magnifiques ornements rouge-doré et l'éclat de la belle ligne idéale, pleine de sensualité, reliant la composition peinte au henné.

Pour célébrer l'éclosion de cette beauté, on glissera dans les doigts de fines bagues d'or aux formes variées, gravées de grilles magiques où se mêleront lettres et chiffres d'origine parfois chinoise, japonaise ou babylonienne. Les mains glisseront dans des bracelets d'ébène et d'argent et les pieds dans des bracelets de chevilles dont le cliquetis, chaque fois que la mariée croisera ou fera bouger ses jambes, sera un écho lancinant du désir dans l'insondable abîme de la volupté. Le voile saturé d'odeurs aphrodisiaques parfumées sera déroulé et fixé sur les épaules par des fibules lisses et rondes taillées dans des coquillages. Sur la poitrine, les seins arrêteront la chute du collier de perles composé de triangles de cornalines, de petites perles de verre, de pierre et d'ambre, taillées carrées et montées de façon traditionnelle. Formant le pendentif central, une plaque d'or très légère portera de petits cylindres soudés, surmontés d'une demi-sphère et d'une poche en fils d'or tissés formant une sorte de corne d'abondance d'où sortiront de minuscules huttes d'or posées sur des coupes festonnées. Ces motifs fixés par un fil d'or formant crochet, seront séparés du motif central par des boules de cornaline. Un autre collier de clous de girofle sera cousu au voile suivant la ligne du décolleté ; les clous de girofle enfilés seront séparés par des morceaux de bois précieux. Les longues tresses noires, chargées de perles, tomberont en pluie sur la poitrine, sur les épaules et sur le dos. À travers elles, on pourra admirer les boucles en or, incrustées de perles d'amazonite, accrochées aux hélix ou pendues aux lobules des oreilles...

Je l'imaginais apprenant ma mort, en jetant un regard distrait sur le journal posé dans un coin du plateau de son petit déjeuner, découvrant en première page la photo de ma tête nue en plein soleil, immédiatement suivie d'un cliché montrant mon cadavre couvert de poussière, entouré de soldats armés. Je l'imaginais lisant les légendes qui diront : "Jusqu'au bout, il a refusé de livrer son identité" ou "Quelles ont été ses dernières pensées ?". Une autre photographie représentera en gros plan mon visage renversé et presque extasié dont les légendes varieront de "Tout est fini" à "Justice est faite" ou à "le reste est silence". Peut-être ne me verra-t-elle que beaucoup plus tard, quand je ne serai plus qu'un cadavre qui aura atteint le dernier stade de décomposition ou un squelette presque entièrement nettoyé de toute chair (dont il subsistera peut-être encore quelques lambeaux). Mais le plus probable, c'est qu'elle ne verra jamais de moi qu'un crâne anonyme aux orbites démesurées, exposé dans la vitrine de quelque musée…

Mais l'atonie refoule déjà toutes ces pensées. Le souvenir de Vala a laissé la place à un effroi profond, une angoisse épouvantable et une haine féroce du genre humain. Chaque heure qui passait était un supplice pour le corps voué à la faim et la soif, que la nuit n'apaisait que pour rendre plus cruelle l'épreuve du lendemain. La souffrance gagnait peu à peu tout le corps, comme des sables mouvants. Les lèvres, la bouche, la gorge se desséchaient et se craquelaient. L'estomac, les boyaux se crispaient : une force prodigieuse les tordait lentement, comme pour les essorer de leurs dernières gouttes de liquide. Un feu violent brûlait mes entrailles et l'incendie gagnait mon visage, mes mains et ma poitrine. Quand je sentais les vautours s'approcher, poser sur mon corps leurs pattes rugueuses aux griffes acérées et me frapper de leurs becs puissants, mon corps se secouait dans une convulsion violente et désespérée. Les vautours lâchaient prise et bondissaient en battant leurs grandes ailes déployées. Des douleurs atroces irradiaient dans tout mon corps, s'aggravant pendant longtemps, par poussées brusques, suivies de lentes accalmies. Un étau puissant comprimait douloureusement ma tête, mon cerveau. La fièvre éclatait par accès violents, avec au début de grands frissons, puis l'abattement, puis l'étourdissement progressif. Les douleurs profondes s'apaisaient, les spasmes cessaient, les jambes s'allongeaient ; les chairs haletantes, épuisées, ne demandaient plus rien, elles ne souffraient plus, elles n'avaient plus faim, elles n'avaient plus soif... J'entends des bourdonnements, impressions de chloroforme par longues ondes sonores. J'étais dans un monde nouveau où m'assaillaient, pareils à des vautours, d'insignifiants et bizarres souvenirs de la vie qui partait.

Avec les affres de la mort, mon rêve et ma vie sont descendus devant moi dans l'arène pour se donner une ultime explication, puis s'aligner sur une même ligne bien droite, avant de sombrer dans le néant. Le monde entier est venu s'entasser dans une sorte de petit hublot circulaire et transparent situé juste en face de moi, simple évidence où viennent se résoudre toutes les énigmes, tous les secrets. Le passé, le présent et le futur sont venus se fondre dans un même instant. L'agonie a jeté sa lumière implacable dans tous les recoins de ma vie mettant à nu tout ce que j'avais approché. Je découvre brusquement le sens caché des situations, la signification de chaque silence, de chaque geste et de chaque parole. Plus rien ne m'échappe désormais des êtres et des choses, pas même leurs intentions. Toute ma vie si proche, si inaccessible et si démesurément gratuite, s'est rembobinée pour se dérouler à nouveau devant moi, acteur déchu, spectateur immobile cette fois, tourmenté par le regret profond d'avoir participé à cette comédie grotesque.

Les transcripts furent classés dans la bibliothèque publique de l'Institut d'archéologie de la pensée humaine sous la référence : "Agonie d'un homme du Barzakh, 1034-2047 (?)"

FIN

Un rêve qui vient du futur.

J'ai toujours voulu retourner dans le passé, non pas pour le transformer, mais pour le revivre. L'époque qui me passionnait plus que toute autre c'était celle de l'Empire almoravide, particulièrement le pèlerinage de l'Emir Yahya Ibn Ibrahim, qui fut l'acte fondateur de cet empire. Ce qui m'intriguait le plus dans cette époque c'était la réalité du personnage Jawhar, un théologien de la cour qui aurait accompagné l'Emir dans son pèlerinage. Ce Jawhar était-il, comme le prétend mon professeur de philosophie médiévale, un descendant de l'Imam Ali, originaire de Kouva, qui aurait fui la persécution des Abbassides ? D'après mon professeur, quand l'Emir s'était converti au sunnisme et avait signé l'épitre Qadiriya -l'épitre de la foi sunnite publié par le calife abbasside et lu chaque vendredi dans toutes les mosquées de Bagdad- et s'était engagé devant le calife à le diffuser dans son pays, Jawhar avait quitté l'Emir pour une destination inconnue. Comme j'aurais aimé revenir à cette époque pour en avoir le cœur net !

Mais est-il possible de se déplacer du futur vers le passé ? Le voyage rétrograde est-il possible, malgré ce que nous enseignent les lois de la physique ? Peut-on briser la chaine de causalité ? Si le voyage dans le futur est bien possible, le voyage dans le passé semble plus problématique. Dans tous les cas le voyage temporel ouvre d'intéressantes perspectives : Imaginez par exemple, que je puisse recevoir, par simple courriel, mes (futurs) romans ou les (futurs) numéros gagnants de l'EuroMillions… Le voyage temporel semblait lié à la possibilité de créer une machine à voyager dans le temps. Je devenais assidu aux cours de physique à l'université, pour savoir si réellement on pouvait construire une telle machine. J'appris que si on arrivait à relier deux trous noirs l'un à l'autre on arriverait à créer un trou de ver. Cet objet hypothétique formerait un raccourci entre deux régions distinctes de l'espace-temps. On pourrait aussi faire tourner très vite l'univers tout entier. On créerait alors des boucles temporelles. Ou bien construire un cylindre infini et super dense, un cylindre infiniment grand et dense qui pourrait tourner sur lui-même et plier l'espace-temps, créant une boucle temporelle. Malheureusement il n'est pas possible de créer un objet infini. Du coup, si on en crée un fini, il faudrait de l'énergie négative que personne ne savait créer. Donc, à priori, c'était loin d'être gagné... Et quelle ne fut pas ma déception lorsque j'entendis le prof dire que « les machines rendant théoriquement possible le voyage dans le temps ne permettaient de remonter qu'à la date de mise en service de la machine. » J'en fus si découragé que je me rabattis sur des centres d'attractions, dignes de lapins crétins. Munis de mes lunettes 3D, je montais à bord de trains truffés d'effets spéciaux et parcourais les grands moments de l'Histoire, comme je ne les avais jamais imaginés! Déçu par ce type de voyages temporels, j'en revins à l'exploration de mes rêves. John William Dunne ne soutenait-il pas que le rêve permettait de voyager virtuellement dans le temps : Que « les rêves, les rêves en général, tous les rêves, les rêves de tout le monde, étaient composés d'images provenant d'expériences passées et d'images d'expériences à venir, mélangées en proportions plus ou moins égales...»

Un jour, explorant un disque dur dans les archives électroniques de la bibliothèque de l'université, je tombai sur ce vieux document du site FUTURA-SCIENCES : « Voyage dans le temps, étrange découverte en antarctique. Le temps a été tourné en arrière le 03/01/2004 à 15h37. Ni la tv ni la radio n'ont rapporté ce fait incroyable !!!!! Il y a huit ans, des scientifiques américains et britanniques qui ont conduit des investigations en Antarctique ont fait une découverte sensationnelle. Le physicien américain Mariann McLein a dit que les chercheurs ont remarqué un brouillard gris en rotation dans le ciel au-dessus du pôle, le 27 janvier, qu'ils ont pris pour une tempête de sable ordinaire. Cependant, le brouillard gris n'a pas changé de forme et n'a pas évolué dans le cours du temps. Les chercheurs ont décidé d'étudier le phénomène et ont lancé un ballon météo avec un équipement capable d'enregistrer la vitesse du vent, la température et l'humidité de l'air. Mais le ballon météo est monté vers le haut et a immédiatement disparu. Au bout d'un moment, les chercheurs ont ramené le ballon météo à terre avec l'aide d'une corde attachée à lui auparavant. Ils étaient extrêmement surpris de voir qu'un chronomètre placé dans le ballon météo indiquait la date du 27 janvier 1965, le même jour mais il y a 30 ans ! L'expérience a été répétée plusieurs fois après que les chercheurs eurent constaté que l'équipement était en bon état. Mais chaque fois que la montre était de retour elle a indiqué le passé. Le phénomène a été appelé "la porte temporelle" et a été rapporté à la Maison Blanche. Aujourd'hui l'enquête sur ce phénomène peu commun est en cours. On suppose que le cratère tourbillonnant au-dessus du Pôle Sud est un tunnel permettant de pénétrer dans d'autres temps. Qui plus est, des programmes de lancement de personnes vers d'autres époques ont été commencés. La CIA et le FBI combattent pour gagner le contrôle du projet qui peut changer le cours de l'histoire. Il n'est pas évident de savoir quand les autorités fédérales des USA approuveront l'expérience. » La mésaventure qui arrivera à moi futur des années plus tard est certainement liée à ma lecture de ce document.

Mon intérêt pour l'Empire almoravide avait créé chez moi une véritable passion pour l'archéologie de cette époque. Je ne ratais aucune des campagnes de fouilles menées à Tayarit pour dégager les vestiges de la capitale almoravide, l'ancienne Azougui, vaste de plusieurs dizaines d'hectares. L'archéologue Serge Roux dirigeait les équipes de fouille, composées d'amateurs volontaires et de chercheurs d'horizons divers. On souffrait ensemble sous un soleil accablant, mais on était tous liés par une même passion. Nous restions toute la journée à quatre pattes par terre. La chaleur nous obligeait à nous lever tôt pour commencer le travail à 6 heures du matin et terminer à 11 heures, le reste de la journée était consacré au nettoyage, à l'inventaire et au classement des vestiges mis au jour. La multitude d'objets trouvés témoignait de la richesse du site et ouvrait des voies nouvelles à l'étude de l'Empire almoravide. La dernière campagne s'était avérée très fructueuse : le sondage numéro 3 avait livré près de 2500 tessons. Mais la plus grande réussite aura été, sans conteste, la découverte d'une plaque dédicatoire, fragmentée mais complète, qui livrait des informations inédites sur le pèlerinage de l'Emir. Le caractère exceptionnel de cette découverte, associé à la mise au jour de nouveaux vestiges maçonnés, avait réorienté l'interprétation du site. La découverte de la plaque dédicatoire fut pour moi un tel choc ! Elle fit naître en moi une mémoire du passé. Je ne cessais de l'étudier, j'y voyais un palimpseste qui recélait le récit complet du pèlerinage de l'Emir. Les yeux de mon âme se dessillaient progressivement : j'étais comme un faucon auquel on décousait les paupières au terme du dressage. J'étais en pleine réminiscence. Je voyais dans le chantier comme une ressemblance avec un monde connu... « Petit pan de mur jaune avec un auvent, petit pan de mur jaune... » Je méditais l'expérience de Bergotte. Je me demandais - comme Proust au sujet de son personnage, mort quelques instants après avoir contemplé le tableau qu'il avait déjà vu- la raison de tous ces efforts que je m'imposais pour reconstituer la vie au temps d'Azougui ? Je vivais sous l'emprise des lois de ce monde et je sentais que je leur obéissais parce que je portais en moi leur enseignement. Toutes ces obligations que je m'imposais semblaient tirer leurs justifications d'un autre monde, un monde entièrement différent de celui-ci...

Ces dernières semaines je fouillais dans l'enceinte de la "forteresse Almoravide", autour de l'emplacement où avait été découverte la plaque dédicatoire. Cette forteresse contrôlait la capitale almoravide, d'où on pouvait admirer sa silhouette puissante et qu'elle surveillait. De la forteresse, il ne subsistait plus que quelques pans de mur et des lambeaux de tours. Seul le massif de djebel Lemtouna, vers lequel se tournaient les regards inquiets des Almoravides était, dans sa splendeur, encore égal à lui-même. Aujourd'hui à la pause, après une matinée de décapage durant laquelle j'avais pu dégager trois pots entiers que recouvrait une couche de sable jaune (un petit pot caréné à fond plat et col tronconique, un autre à petit pied circulaire de forme légèrement fermée et décoré de fines moulures piquetées et une coupe à pied circulaire, ouverte, à bord simple) et mis au jour une jarre enterrée jusqu'au col dans une couche de cendre épaisse, j'accueillis avec un réel plaisir la coupure salutaire du repas de midi.

Le soir, je fus longtemps à me retourner sur mon matelas, cherchant un sommeil qui ne venait pas. Et vers la fin de la nuit, je m'étais réveillé en sueurs, sentant mon bras qui grattait. J'étais fiévreux et je sentais une raideur et une lourdeur inhabituelles de mon bras droit. J'essayai de le soulever un peu, pour mieux le sentir. Impossible de le remuer; devenu trop lourd, comme s'il était de plomb, il m'amarrait solidement à mon matelas posé sur la natte à même le sol. Je me mis à le tâter. Je constatai avec horreur qu'il était démesurément enflé, tout gonflé, de l'épaule à la main, tout dur quand on appuyait dessus, tendu, mais sans douleur. J'étais incapable de lui faire faire le moindre mouvement. J'avais mal dormi, un rêve étrange m'avait tourmenté toute la nuit…

La lumière commençait à filtrer faiblement à travers les torsades de palmes de la paillote. Me soutenant au pilier en tronçon de stipe près de ma tête, je me soulevai et pus ainsi mesurer toute l'horreur de mon bras démesuré, posé à côté de ma couche. Deux de mes compagnons s'étaient déjà levés, un autre à côté de moi, restait couché. Puis il se leva et se dirigea vers la porte, en se frottant les yeux. Il s'arrêta au seuil, portant sa main à sa tête qui a dû heurter le linteau en moitié de stipe de dattier. Quand il revint, il s'approcha de moi, voulant poser la main sur mon épaule, quand il constata que j'avais les yeux ouverts.

— Déjà réveillé ! Ça va ? Pourquoi tu restes couché ?!
— Je ne peux pas me lever à cause de mon bras…
Il me prit la main gauche.
— Non, c'est le droit.
Il contourna mes pieds et vint se mettre à ma droite.
— Ton bras est terriblement enflé ! Une bête venimeuse a dû te mordre durant la nuit.
— Je n'ai pourtant rien senti…
Le petit matin blême colorait déjà l'intérieur de la paillote et l'ouverture de la porte taillait une tranche de paysage jusqu'à la montagne noirâtre à violacée, drapée à l'horizon. La route asphaltée Atar-Tayarit dévalait la falaise comme un ruban de

189

danseuse acrobatique, avant de se noyer dans l'oued, sous le bleu marine de la palmeraie d'où elle émergeait pour monter en direction de la ville. Les portières des voitures et les capots s'ouvraient et se refermaient dans un concert de claquements secs. Puis les moteurs commencèrent à tourner. Déjà l'horizon bleuté se tachait d'éclaboussures rougeoyantes. Soueilma entra portant la nappe du petit déjeuner.

— Chams ! Chams ! Réveille-toi pour le petit déjeuner. Me lança-elle en étalant la nappe.

Dans un va et vient pressé elle apportait le pain, les sacs contenant le thé, le sucre et le lait en poudre ; la carafe, l'écuelle et les bols, avant de s'installer dans son coin habituel, sur le bout de la natte en plastique multicolore, derrière les ustensiles de thé, près de la bouilloire sifflant la vapeur sur le brasero. Elle poussa une lamentation :

— Mon Dieu ! Qu'est-ce que tu as ?!

Elle venait de découvrir mon bras enflé.

— Ce n'est rien ! Ce n'est rien ! Occupe-toi du petit déjeuner. Le plateau d'inox tinta au choc des petits verres à thé que Soueilma alignait en demi-cercle autour de la théière d'émail bleu. Puis elle délaissa un moment le thé pour préparer le zrig. Elle versa une bonne quantité d'eau dans l'écuelle, ajouta le lait en poudre, remua énergiquement avec le fouet d'aluminium, ajouta le sucre, fouetta encore et remplit les bols. Je me soulevai péniblement, en soutenant mon dos au pilier. Je sentis les angles me labourer, Soueilma glissa un coussin derrière mon dos. Soueid entra et se mit à côté de la nappe en me lançant un salut rapide. Puis après avoir avalé son bol :

— Tu ne viens pas pour le petit déjeuner ?

— Non ! A cause de mon bras et puis je n'ai pas faim…

— Ton bras ?

— Oui. Viens voir.

190

En examinant mon bras il avait les yeux écarquillés et n'arrêtait pas de dire : "Au nom d'Allah, le tout miséricordieux, le très miséricordieux !"

— Ça te fait mal ?

— Non ! Il est seulement engourdi.

— Qu'as-tu fait hier soir ?

— J'ai passé le début de la soirée avec les australiens et je me suis couché assez tôt pour être dispos pour la fouille. Je suis resté longtemps à me retourner à la recherche d'un sommeil qui ne venait pas. Quand enfin je m'endormis, j'entrai dans un rêve étrange qui dura toute la nuit…

Des membres de l'équipe entrèrent ensemble. Il y avait l'un des australiens et sa copine, une blonde anorexique qui avait des allures de mante, des membres du groupe des volontaires dont un informaticien qui travaillait dans la finance et un ex-commercial reconvertis dans l'archéologie. Ils étaient déjà en tenue de fouille : T-shirts, sweats capuches, vestes zippées, pantacourts, culottes, bermudas, shorts et lunettes de soleil. Beaucoup avaient mis leurs gros turbans enroulés autour du cou ou sur la tête, avec un tour qui passait sous le menton. Certains avaient remonté le bord jusqu'aux yeux. Chacun avait choisi la couleur de son turban : noir, blanc, bleu ciel, bleu pastel ou vert olive. Certains portaient les turbans pardessus leur casquette à visière souple large et allongée. Tous avaient mis des chaussures polyvalentes.

Simone, la veuve retraitée qui fouillait dans la même zone que moi, en sweat capuche et bermuda, s'était assise près de moi sur un coussin. Elle m'avait pris la main et examinait mon bras attentivement. Ses mains osseuses aux ongles épais flottaient dans leur peau rugueuse et plissée. Ses yeux bleus, agrandis par les verres de ses lunettes, avaient un regard vitré et ses lèvres humides restaient entr'ouvertes. Un masque total contre le soleil et le vent, à l'odeur laiteuse, couvrait d'une épaisse couche son visage aux joues creuses. Ses gestes avaient conservé un reste de vivacité, caractéristique des anciens sportifs. Elle se tenait droite, l'âge n'avait pas voûté sa silhouette. Néanmoins elle me causait du souci. A tort peut-être, car apparemment sa santé était bonne. Mais c'était toujours ainsi : chaque fois qu'il y avait une personne âgée dans le groupe, je l'imaginais s'évanouissant sur le chantier, après le premier coup de soleil, ou alors c'était le cœur qui lâchait en pleine fouille. Mais aujourd'hui, dans ma paillote, les rôles s'étaient inversés et c'était Simone qui se faisait du souci pour ma santé.

— Cela peut être une piqûre d'insecte qui a provoqué une réaction allergique, une foulure, un problème lymphatique, un problème circulatoire, une phlébite... Quand je tenais ma pharmacie, je recevais souvent des cas semblables. Je vais chercher un anti-inflammatoire et de l'alcool modifié et te faire un bain glacé...

Le matin suivant je me réveillais exténué, avec la fièvre. Mon bras était toujours aussi enflé. Je ne ressentais aucune douleur, mais mon état commençait à m'inquiéter. J'appelai le numéro de mon frère, en espérant qu'il ne fût pas déjà embarqué dans un trekking avec l'un de ses groupes de touristes... On décrocha à l'autre bout :

— Mourad ?... Salut ! C'est Chams. Tu es toujours à Atar ? Peux-tu passer me chercher au camp ?...

Quand mon frère arriva, il trouva l'intendant du camp à mon chevet.

— Chams ! Qu'as-tu ?! Qu'est ce qui t'arrive ?!

— C'est mon bras, il est tout enflé !

— J'ai appelé l'ambulance pour le transporter à l'hôpital, dit l'intendant.

Mourad se leva :

— Je suis obligé de partir, j'ai un groupe de touristes qui arrive par l'avion de onze heures. Mais je cours à la maison pour chercher Zeinebou qui restera auprès de toi jusqu'à mon retour.

— N'alarmes pas inutilement maman, dis-lui que ce n'est rien et que je serai bientôt à la maison.

A l'hôpital l'examen de sang ne releva aucune trace de poison et l'examen radiologique n'a détecté aucune lésion. Alors le médecin établit un questionnaire médical et prescrivit un bilan général. On me fit revêtir un peignoir à manche droite ouverte jusqu'à l'épaule et mettre des chaussons. Mes effets personnels furent déposés au vestiaire. On fit les prélèvements qu'on remit à l'hôtesse avec le questionnaire. Après un circuit qui dura environ deux heures et demie, l'infirmière me ramena au point de départ et remit la pile des résultats. Je restais suspendu aux lèvres du médecin.

— Les analyses n'ont détecté aucune anomalie : pas d'anémie, aucune carence de l'organisme, aucune infection virale, pas de diabète, ni d'hypercholestérolémie ; pas de maladies hépatiques ou rénales. Pas de maladies de la thyroïde. La mesure de la composition corporelle par impédancemétrie a déterminé un indice normal de la masse corporelle et des masses grasses et maigres. La spirométrie n'a révélé aucune anomalie respiratoire. L'électrocardiogramme a enregistré un tracé normal et n'a décelé aucune pathologie des artères coronaires. L'échographie abdominale n'a détecté aucune anomalie du foie, de la vésicule biliaire, des reins ou de la rate…

Puis le médecin procéda à un examen physique complet, en m'interrogeant sur mes antécédents médicaux.

— L'hypertrophie de votre bras et son aspect dur en patte d'éléphant me font soupçonner une filariose lymphatique. C'est une maladie causée par des vers parasites minuscules, qui sont transmis à l'homme par des moustiques... Pourtant, l'analyse de votre sang n'a pas décelé les antigènes qui signalent la présence des parasites... Je dois cependant vous garder en observation pour quelques jours. En attendant d'établir un diagnostic définitif, je vous prescris par précaution un traitement qui vise avant tout à débarrasser votre sang d'éventuelles microfilaires.

Il me prodigua quelques recommandations sur l'état de mon bras, me signala mes facteurs de risque et me conseilla pour les corriger.

Le premier jour à l'hôpital ma mère apporta une amulette qu'elle m'enfila autour du cou en disant :

— Je suis sûre que quelqu'un t'a jeté un mauvais sort ! Ce talisman te protégera contre les envoûtements néfastes de magie noire ! Zeinebou, garde bien cette bouteille ! Elle contient l'eau bénie par notre marabout. Tu dois t'en servir quotidiennement pour oindre le bras de ton frère.

Après trois semaines d'observation à l'hôpital, d'analyses et de contre analyses, mon état ne connut aucune amélioration. Les médecins spécialistes et autres professeurs, qui se succédaient à mon chevet, allaient chacun de son diagnostic, arrêtaient les traitements précédents et en prescrivaient de nouveaux qui restaient toujours sans effet. Les membres de la famille et les visiteurs, toujours aussi nombreux, y allaient chacun de son hypothèse :

— Tu es victime du mauvais œil, il est dangereux et magique! Le Prophète (PSL) avait reconnu la réalité du mauvais œil en disant : "Pour vous en protéger, recourez à des moyens magiques"...

— L'origine de tous les malheurs qui arrivent aux hommes est dans les péchés qu'ils commettent et pour lesquels Allah les punit. Souvent les péchés des voisins entraînent des punitions pour tous. Tout ce que fait le médecin pour lutter contre la maladie est soumis à la volonté d'Allah qui, seul, décide de la guérison. Louanges à Allah qui nous a donné de quoi faire disparaitre le mal !

— Toute enflure qui persiste sur le corps doit être ouverte et l'ouverture doit être soignée comme une plaie jusqu'à guérison complète...

— Vous devez lui oindre le bras régulièrement avec l'huile d'olive...

— Il n'y a rien de tel que les pointes de feu pour guérir ce genre de maladies...

— La saignée est plus efficace !

— Tu dois prendre le matin à jeun du gingembre mélangé avec du miel...

— Non ! Le meilleur remède est la poudre d'ail mélangée avec du sel.

— Il vaut mieux plutôt faire bouillir deux quantités égales d'eau et de beurre jusqu'à dissolution complète du beurre, en remuant pendant l'ébullition...

Le long et inutile séjour à l'hôpital donna raison à ma mère qui finit par assimiler ma maladie à une possession par les génies ou les démons. Elle décida de me ramener à la maison pour me désenvoûter. Sitôt arrivés on fit venir à mon chevet le marabout de la famille. Il récita la sourate des djinns et fit des fumigations :

— C'est de l'alun mélangé à du sel et du souffre, il éloignera de toi les mauvais génies !

195

Durant les semaines suivantes je reçus la visite de différents marabouts. Mais je restais dans le même état. Une des amies de ma mère prétendit que les marabouts étaient impuissants face à ce genre de maladies, causé par un envoûtement de magie noire, et que seuls les sorciers africains avaient le pouvoir de me guérir. Elle conseilla à ma mère de m'emmener chez Mamadi. Nous attendîmes le retour de mon frère qui devait nous transporter chez le sorcier. Mamadi nous accueillit en levant vers le ciel son bâton tête de mort en bois sculpté avec lequel il traçait des symboles dans l'air en répétant la même formule : "Alemiah ! Cahatel ! Chavakiah ! Hakamiah! Alemiah ! Cahatel ! Chavakiah ! Hakamiah !.." Il avait une haute stature, la peau noir charbon, les cheveux crépus, un nez large et plat, des lèvres lippues éversées et possédait un prognathisme inférieur excessif. Il portait une peau de léopard attachée à son cou par les pattes. L'antre du sorcier abritait un ensemble d'objets hétéroclites servant à son art : une bouteille d'eau où nageait une vipère vivante, une tête de mort, des clous, une boite à crapaud, un attrape rongeur, des squelettes de chauves-souris… Je lui montrai mon bras qu'il examina un moment avant de prendre un petit mortier dans lequel il pila un squelette de chauve-souris qu'il arrosa avec l'eau de vipère et m'enduisit le bras avec la pâte obtenue.

— Tu as été victime d'un maléfice. Il sera difficile de vaincre les sortilèges magiques démoniaques qui t'ont frappé. Reviens la semaine prochaine. Je vais attendre la pleine lune pour te préparer un pendentif doté de pouvoirs magiques très puissants. Il t'informera des choses qui se sont passées en rêves. Tu revivras le passé dans tes rêves et tu t'en souviendras une fois réveillé…

Je trouvai une étrange résonance aux propos du sorcier. Après une semaine je revins le voir. Il me fit une nouvelle application de sa pâte de squelette de chauve-souris et me remit le pendentif magique. Mais les visites répétées au sorcier n'eurent aucun effet : mon bras restait désespérément enflé et la fièvre persistait.

Simone me rendit visite à l'occasion du nouvel an 2045. Elle venait régulièrement s'enquérir de mon état de santé, depuis que j'avais eu à quitter le chantier à cause de ma maladie. Je reçus d'elle ce cadeau extraordinaire : des lunettes qui consolidaient les traces mnésiques labiles et les réactivaient. Dès qu'elles étaient ajustées, elles se connectaient à l'hippocampe et recevaient, via des ondes lumineuses, toutes les données oubliées pour les convertir instantanément en mémoire déclarative, épisodique et autobiographique, récupérant ainsi toutes les informations personnellement vécues, dans leur contexte temporel et spatial d'acquisition et leurs détails perceptivo-sensoriels et phénoménologiques, comme l'état émotionnel dans lequel on se trouvait au moment de l'encodage. Elles comprenaient un nano-ordinateur intégré qui se connectait automatiquement à l'imprimante la plus proche et sur lequel on pouvait saisir un texte par le biais de la pensée. Grace à ces lunettes, je pus me ressouvenir de tous les détails de ma vie et de mes rêves passés. Je pus ainsi découvrir que ma mémoire avait gardé le souvenir d'un rêve de moi futur…

Quelques temps après le marabout de la famille se présenta avec un inconnu.
— La paix sur toi, Chams ! Je t'ai amené ton cousin Abeidna. Il prétend qu'une péripétie de la vie d'un saint homme de votre

tribu, qui a vécu il y a longtemps, pourrait t'indiquer la voix de la guérison…

— As-tu rêvé avant de contracter ta maladie ? Demanda Abeidna.

— Oui. J'ai rêvé de moi futur…

— Les traditions rapportent que Chams Eddine, un membre de notre tribu, avait eu cette même maladie. Il était analphabète et avait écrit un livre…

— Comment un analphabète peut-il écrire un livre ? Demandai-je interloqué.

— Justement ! Un ami lui proposa d'aller à Tayarite -qui était alors une vaste palmeraie près des ruines d'Azougui- pour invoquer la mémoire d'un saint enterré là-bas, bien que l'emplacement de sa tombe soit resté inconnu. Ils s'en furent, emmenant avec eux un bélier blanc. Ils découvrirent près des ruines un endroit où se trouvaient douze pierres et un arbre, signes de la présence du tombeau d'un saint. Ils égorgèrent le bélier à cet endroit. Le sang gicla vers le ciel et l'arbre se secoua. Ils en conclurent que le saint était enterré là…

Je commençais à me demander ce que cette histoire avait à avoir avec l'état de mon bras.

— … Chams Eddine fut gagné par le sommeil et s'endormit. Il rêva du Saint. Quand il se réveilla, il était fiévreux et avait le bras enflé. Son compagnon lui demanda les raisons de son brusque sommeil. "Je ne sais vraiment pas. Un sommeil irrésistible m'avait brusquement gagné et lorsque je m'étais endormi je fus visité par le Saint." "Pour guérir il te faudra écrire le récit de ton rêve." "Mais je ne sais pas écrire !" protesta notre cousin. "Qu'importe ! Prend la plume et ta dictée s'écrira d'elle-même." C'est ainsi qu'il rédigea كتاب المنة et put guérir, grâce à l'écriture…

Comme j'avais maintenant les lunettes, je décidai d'essayer le remède miracle d'Abeidna : écrire le récit de mon rêve. J'ajustai mes lunettes et commençai l'impérative dictée. Une fois parti sur le chemin de la mémoire, je restais sur ma lancée en écrivant tous les détails qui me revenaient à l'esprit. Je focalisais mon attention sur la lettre que je souhaitais saisir. La vitesse de frappe n'était pas comparable avec celle des mains, puisqu'il fallait environ 15 secondes pour saisir 518 mots. Je déterminais la typographie des mots selon ce que je pensais en les dictant. Pour changer une tournure de phrase qui ne me convenait plus, je la sélectionnais à la pensée et dictai mentalement le nouveau texte par-dessus l'ancien. Je donnais les indications d'édition, de mise en forme ou de ponctuation en pensant à de simples ordres comme "mettre en italique", "point à la ligne", "point d'interrogation", etc. Cette écriture mentale ne requérait pas une concentration intense, je pouvais la réaliser tout en conversant...

FIN

Le bibliothécaire chrononaute

À mon retour au pays natal, avec en poche un doctorat en philosophie médiévale, j'eus des difficultés pour m'installer à Nouakchott. La Mauritanie connaissait à l'époque un grand problème dans l'insertion des jeunes diplômés, tous rêvaient d'être nommés à un poste "juteux" de la Fonction publique et il était légion que des diplômés-chômeurs s'immolent par le feu pour protester contre le chômage. Je fus contraint d'habiter chez mon seul parent résidant dans la capitale, un modeste petit fonctionnaire qui avait du mal à joindre les deux bouts, avec son maigre salaire et la flopée de cousins qui pique-assiétaient chez lui. Je cajolais ses enfants, par flagornerie, en attendant les repas. L'une des enfants, une vraie diablesse mal mouchée, prenait un malin plaisir à me labourer le visage avec ses ongles acérés, comme les griffes d'un chat sauvage. Rien ne l'empêchait de m'infliger ce supplice régulièrement avant les repas. J'avais tout essayé avec elle : lui faire peur, mais je ne pouvais quand même pas la faire pleurer alors que j'attendais le repas chez ses parents ; l'amadouer, mais comment ? Parfois je faisais des mains et des pieds pour lui amener quelques-uns de ces bonbons dont elle raffolait. Mais sa mère me faisait alors des reproches, disant que j'allais transformer sa fille en mercerie, à cause des bonbons dont je la gavais. Parfois, j'essayais de la diriger sur un autre des nombreux autres pique-assiettes, mais elle revenait toujours jeter son dévolu sur moi. Des fois, après m'être fait labourer le visage, je me levais précipitamment et quittai la maison, préférant fuir les assauts répétés de cette diablesse féline, quitte à sacrifier un repas.

Parmi les pique-assiettes chez le cousin, il y avait le chômeur, le *tebtab*, PDG de société fantôme, doué pour savoir décrocher les *bons de commande* de complaisance ; qui avait son cachet desséché, ses papiers et son courrier sous le pare-brise de sa *venant-de-France*, jetés par-dessus le tableau de bord, dans des chemises gonflées, décolorées et durcies par le soleil et la poussière, d'où s'échappaient en tous sens des en-têtes, des devis pour toutes sortes de prestation de services et autres factures et bordereaux de livraison, estampillés de fonds de *verres à thé n°8*. Il y avait aussi les cousins de passage, venant de Chinguitti, dont le maintien évoquait la simplicité heureuse du monde avant Nouakchott, qui attendaient patiemment d'être *libérés* pour retourner là-bas. Souvent, les pique-assiettes, pour ceux qui n'avaient pas passé la nuit chez le cousin, venaient à temps pour le *tajin*, le casse-croûte de dix heures. Certains profitaient de l'absence du cousin, pendant ces heures de bureau, pour faire une cour discrète à la cousine, sa femme. Le degré de réussite de la cour se traduisait par la qualité du *zrig* et du thé servis à chacun et par la position à l'appel au moment des repas. Et quand la cour était vraiment réussie, alors plus besoin de ce genre d'indices bassement alimentaires, et la langueur des regards échangés à la sauvette suffisait…

Un jour, je fus accosté devant chez le cousin par deux Douates (Islamistes prêcheurs), un noir, gros, bien bâti, les joues gonflées, assez jeune, portant en bandoulière un gros sac et un cuivré, mince, de taille moyenne, avec une barbe clairsemée qui lui donnait un look un peu déplaisant et qui tenait un bidonnet plastique sans poignet. Les deux portaient des djellabas coton-polyester délavées par le soleil et le vent de sable, et avaient sur la tête un fin bonnet brodé, assez sale, collé sur leurs crânes rasés, qui soulignait les grandes oreilles décollées du cuivré. Ils portaient leurs montres au poignet droit et chaussaient des sandales en plastique usées. Je les reconnus, je les voyais régulièrement à la mosquée, dans le séminaire de l'imam auquel j'assistais parfois entre la prière du *maghrib* et celle de l'*icha*.

— La paix sur toi, ô frère en Allah ! dirent-ils d'une même voix.

— La paix sur vous !
On se serra les mains.

— Pas de mal ?

— Pas de mal !

— Louanges à Allah !

— Louanges à Allah !

— Veux-tu nous accompagner dans le quartier pour commander le bien et fustiger le mal ? demanda le cuivré.

— Que nous le fassions, ce serait bien à propos ! rétorquai-je. Dans ce quartier, le mal est partout, comme les tas d'ordures attendant les bennes de ramassage de la mairie !
Le noir sourit à ma réponse et l'autre pince-sans-rire de renchérir :

— Ce n'est pas trop dire ! Nous serons les éboueurs d'Allah pour essayer de mettre fin à toute cette pourriture !

— Tu veux dire qu'on va organiser le ramassage des ordures du quartier à la place de la mairie ?

— Non, ce n'est pas des ordures que je parle. Je parle de la luxure des habitants du quartier !

— Mais, insistai-je, ne penses-tu pas qu'il vaut mieux commencer par donner l'exemple d'une bonne action, en asseyant d'organiser les habitants du quartier pour le débarrasser des ordures et le rendre un peu vivable ?

— Ça ne sert à rien ! À quoi bon nettoyer les ordures alors que les âmes sont rongées par le mal ? Tentons d'abord de purifier les âmes, avant de songer à nettoyer les rues !

— Je suis prêt à vous suivre si vous intercédez en faveur de mon frère auprès de vos amis d'Al-Qaida...

— Nos amis d'Al-Qaida ?

— Oui, vos amis d'Al-Qaida ! Ils sèment la terreur partout dans le désert et prennent régulièrement ses touristes en otage pour réclamer des rançons faramineuses à leur pays. Le parcours de ses treks s'est réduit comme une peau de chagrin...

— Nous n'avons rien à avoir avec les djihadistes et nous désapprouvons leurs attentats et leurs prises d'otages ! Allah (qu'Il soit exalté) interdit de porter atteinte à la vie humaine : {*Nous avons prescrit pour les Enfants d'Israël que quiconque tue une personne non coupable d'un meurtre ou d'une corruption sur la terre, c'est comme s'il avait tué tous les hommes. Et quiconque lui fait don de la vie, c'est comme s'il faisait don de la vie à tous les hommes*} صَدَقَ اللهُ العَظيم Dieu est véridique...

Après une longue discussion qui se poursuivit jusqu'à l'appel de la prière du crépuscule, nous convînmes que j'allais me joindre à eux le lendemain après la prière de l'*Asr*, pour une tournée dans les maisons du quartier.

Pour être à la hauteur de mon nouveau rôle, je décidai de changer de look, pour adopter celui des Douates. Le lendemain, à peine bu le dernier verre de mon thé du matin, je me précipitai vers les fripiers du "marché-capitale" : dans les échoppes *foukidaye* (fripiers), je pourrais, avec un peu de chance et de patience, mettre la main sur les pièces de mon déguisement et sauver quelques centaines d'ouguiyas sur les huit cents qui constituaient la quasi-totalité de mon budget. Les sandales usées, je les avais déjà. Je trouvai une djellaba à 200 qui fut blanche, polyester au toucher, ayant perdu son étiquette ; un short kaki à 50, d'une matière assez proche et le bonnet, peut-être un peu étroit pour mon crâne, mais bon marché, car à 20 ouguiyas seulement. Je pus me raser la tête sans trop calculer chez l'un des coiffeurs alignés sur le prolongement des échoppes *foukidaye*, avant les *taxis-tout-droit*. Chaque coiffeur avait son miroir posé dans la rue contre le mur, soleil d'entre les soleils, devant lequel le client prenait place sur un petit tabouret. Puis, j'achetai un *savon-barre* et rentrai laver tout ça, avant de le mettre à sécher au soleil généreux de midi. À 16H30, je fis mes ablutions et mis mon nouveau déguisement, pas trop froissé, malgré le manque de repassage. Il ne me manquait que la barbe, mais je la laisserai pousser, même si elle sera quelque peu clairsemée. Sur mon crâne rasé, le bonnet trop petit ressemblait plus à la calotte des Juifs qu'au bonnet des Douates. Je fis changer de bras à ma casio caoutchouc électronique, pour la mettre à mon poignet droit, enfilai mes sandales et pris la direction de la mosquée.

Par la suite, je pris l'habitude de rendre visite au Cuivré. Je profitais de ses moments d'absence pour faire la cour à sa sœur Leïla, une fille plantureuse qui avait du mal à cacher ses charmes sous son voile. Un jour elle m'invita à prendre le thé. Son sourire, la qualité de sa conversation et ses gestes mettaient en valeur sa beauté. Elle s'appliquait à fixer mon désir sur les extrémités non voilées de son corps. Ce jour-là, elle dégageait une enivrante odeur de henné naturel ; elle n'avait pas utilisé cet affreux henné chimique à l'odeur irritante importé des Émirats. Ses mains étaient couvertes de magnifiques figures noires bleutées déployées en une pléthore de lignes courbes, de carrés disposés en alignement et de losanges en dentelle. Sa gestuelle raffinée agrémentait sa conversation et permettait d'admirer la finesse de sa main et la délicatesse de son poignet. Elle se leva pour prendre quelque chose et enjamba un coussin ; je pus apprécier la longueur et l'étroitesse de son pied, la finesse de sa cheville et le glabre de son mollet. Des bandes, dessinées avec le henné, se terminant par des carrés disposés en alignement, couraient autour de la plante de ses pieds. Elle venait de me servir le troisième verre ; son goût suave fit naître dans mon esprit cette idée funeste : « ces mains merveilleuses, d'une finesse, d'une grâce, d'une beauté sans pareilles, qui furent des ébauches de mains d'embryon, des poings fermés de bébé et qui sont maintenant des mains de femme chargées de symbolique sexuelle, seront un jour les mains d'un squelette lustré par le temps. Fragilité de la beauté dans l'écoulement de la durée ! » Je ne pus m'empêcher de lui dire :

— Laisse-moi baiser ces mains qui fleurent si bon le henné, avant que ne s'altèrent ces motifs magnifiques ! Donne-moi tes mains tant qu'y éclot encore toute cette féminité ! Donne-les-moi tant qu'y palpite toute cette vie ! Donne-les-moi pour les soustraire au temps ! Donne-les-moi avant qu'elles ne deviennent celles d'un squelette !

À peine eut-elle entendu mon étrange supplique, qu'elle éclata en sanglots et prit la fuite en criant :

— أَشْهَدُ أَنْ لَا إِلَهَ إِلَّا اللهُ وَحْدَهُ لَا شَرِيكَ لَهُ وَأَنَّ مُحَمَّدًا عَبْدُهُ وَرَسُولُهُ !

(J'atteste qu'il n'y a pas de divinité en dehors d'Allah et que Mouḥammed est Son esclave et Son prophète)…

Après plus de deux ans de chômage, mon frère me téléphona pour me demander de participer à un concours organisé par le ministère du Commerce, de l'Artisanat et du

Tourisme en vue de la sélection des candidats qui bénéficieront d'une formation d'accompagnateur de tourisme.

— C'est un métier ça ?

— Bien sûr ! L'accompagnateur de tourisme est un animateur de voyages qui conçoit les programmes des circuits touristiques. Au terme de la formation, tu pourras venir à Atar pour m'aider à tenir l'agence. Depuis quelques mois, il y a un répit dans les enlèvements et les touristes commencent à revenir. Tu les accompagneras dans leurs parcours, en mettant à l'honneur la culture, la gastronomie et l'artisanat de notre pays. Tu seras le metteur en scène du spectacle pour nos touristes. Tu leur mettras le Sahara en vitrine !

Ayant réussi le concours, je pus suivre durant neuf mois une formation en culture générale, histoire de la Mauritanie, patrimoine, expression et communication, littérature mauritanienne, élaboration de l'offre touristique, gestion de l'informatique touristique et accès aux ressources informatiques et documentaires. Je fis mon stage de formation à Saharatours, l'agence de mon frère. Avec le temps, je m'étais spécialisé dans le circuit Atar-Terjit-Chinguitti-Richat. Une des éditions de ce circuit devait marquer ma vie. C'était au début de la saison touristique 2030. Les touristes arrivaient par le vol charter Paris-Atar du samedi 23 novembre. Vers 19 heures, je me rendis à l'aéroport avec l'équipe de l'Agence pour les accueillir. Nous attendîmes à la sortie "Arrivées", brandissant des pancartes au nom de l'Agence. La première à se présenter fut une jeune femme aux cheveux bruns, fumant comme un pompier, visiblement stressée. Elle aspirait la fumée à pleins poumons, cherchant à lutter contre l'angoisse qui la prenait à la gorge. Puis arriva une blonde sexy aux jambes longues. Sa peau pâle, encore maquillée de brouillard, s'était couverte d'une fine pellicule de sueur. Ses ongles étaient vernis d'une teinte rouge sang légèrement transparente. Elle portait une robe fleurie à bretelles Col V profond, qui lui donnait une allure un peu enfantine. La blonde fut suivie par un vieillard barbu, vivace et drôle qui nous salua par un "quel bonheur d'être ici !" Curieux, il ne cessait de poser toutes sortes de questions sur les membres de l'équipe :

— Qui c'est cette grande brune aux charmes exotiques ? Sa voix jeune et ferme étonnait pour un homme de cet âge.

— C'est M'Bouja, notre animatrice. Lui répondis-je.

— Sa peau n'est-elle pas un peu trop pâle pour une animatrice touristique ?

— Elle est nouvelle à l'Agence.

Simone, une veuve retraitée habituée du circuit, passa la sortie avec d'autres et vint embrasser tout le monde. Parmi les arrivants, il y eut des aventuriers, des descendants de colons nostalgiques, des touristes consommateurs qui ne venaient pas visiter le pays réel, mais un pays imaginaire qui correspondait à l'idée fixe qu'ils s'en étaient déjà faite, etc. Tous arrivaient du vieux monde, le berceau des plus grandes folies de l'histoire de l'humanité. Ils donnaient l'impression d'avoir laissé derrière eux les règles très rigides qui régissent leur existence en Europe. Richard, un autre habitué du circuit passa la sortie.

— Bonsoir Chams. Tu vois combien je suis fidèle au rendez-vous. Quelle chance vous avez de vivre ici, votre désert est un véritable paradis !

Il avait depuis longtemps opéré sa transformation alchimique du désert et de ses habitants. Je fis l'appel pour m'assurer que tous étaient là et je les invitai à reconnaître les bagages, avant de monter dans le bus.

Le bus était un autocar de grand tourisme avec double vitrage surteinté athermique, pare-soleil conducteur, pare-soleil voyageurs, rideaux aux baies latérales, rideaux lunettes arrière, salons, cabines de toilettes, air conditionné, air pulsé individuel, fauteuils V.I.P, Wifi, montre digitale, spots de lecture individuels, prises électriques, prises iPhone, prises USB, caméra qui retransmet la route aux passagers, G.P.S., télévision, radio RDS stéréo, écrans vidéo, machine à café, réfrigérateur, tables. Le châssis était abaissé pour la montée des passagers. Tous avaient maintenant pris place. Le chauffeur annonça le départ. Je m'assis sur le siège guide et pris mon micro :

  — Bonsoir et bienvenue à la "Terre des Hommes" de Saint Exupéry ! Nous sommes heureux à Saharatours de vous accueillir en Mauritanie, le pays des villes anciennes et des sites grandioses ! J'espère que le voyage n'a pas été trop fatigant. Vous avez fait le tour du monde, il vous manque quelques soirées autour du feu, sous un déluge d'étoiles, en compagnie des maures qui vous tiendront longtemps éveillés. Il vous manque de vous être fait brûler le visage au souffle du vent de sable venu du fonds du Sahara. Juste deux petites citations de Théodore Monod pour nous préparer à notre virée dans l'Adrar : "L'Adrar, pays déshérité, vie plus rude... Ici nous ne sommes que des hôtes, sans la moindre voix au chapitre, ignorés avec une sereine indifférence, ou provisoirement tolérés ; ici, ce n'est pas en notre honneur que fonctionne la machine et nous n'y sommes guère le centre du monde ; il est bon, parfois, de se l'entendre répéter par quelques coins de nature sauvage, vierge, et qui ne ment pas". Et " les déserts sont émouvants parce que c'est la nature avant l'homme. C'est aussi le spectacle de ce qu'elle pourrait être après lui, quand il aura disparu". Notre programme prévoit deux nuits à Atar, la capitale de la région de l'Adrar. Cette ville a longtemps été la base des troupes françaises et fut une étape inévitable du rallye Paris-Dakar. La localité accueille beaucoup de visiteurs chaque année. C'est un carrefour du tourisme en Mauritanie. Les populations locales se caractérisent par leurs sérénités et leur sagesse. Les Atarois sont hospitaliers serviables et accueillants. Ici l'hospitalité nomade légendaire ne se dément pas. Avis aux hommes hétéros : les femmes mauresques à la démarche aérienne et aux yeux de jais se laissent courtiser et prennent plaisir à ce jeu. C'est une tradition très ancienne chez les Maures…

Le miroir convexe du rétroviseur panoramique central m'offrait une vision complète des passagers. Une des Allemandes, mince comme un clou, faisait une ligne de coke sur le miroir de son poudrier. Son homme, qui avait honni de son visage toute trace d'insouciance, fumait en silence sa pipe. Simone avait allumé son spot de lecture et lisait…

— Demain sera une journée ensoleillée, le ciel sera dégagé. Il fera 20° à 7 heures, 30 à 13 heures et 29 à 19 heures. M'Bouja vous servira maintenant la première des trois tournées rituelles du thé de l'hospitalité. Parfumé à la menthe, le thé est transvasé un grand nombre de fois pour faire de la mousse ; il vous sera servi dans de petits verres à moitié remplis. Il se boit mousseux et très chaud. La cérémonie des trois verres de thé est l'une des mille et une facettes de l'âme maure. Un thé ne se conçoit pas sans les trois verres, le premier " âpre comme la vie", le second "doux comme l'amour", le troisième "suave comme la mort"…

Les écrans affichaient maintenant des images d'Atar et de l'hôtel Adrar.

— L'hôtel Adrar vous accueillera durant votre séjour à Atar. L'hôtel se distingue par son cachet distingué et raffiné, sa couleur ocre et son architecture arabo-mauresque. Il est situé sur le baten, à proximité de la palmeraie. Il ne figure pas encore dans le listing des hôtels à la mode ; vous y passerez votre séjour dans l'intimité et selon vos désirs, loin du bruit de la foule et sans les contraintes hôtelières habituelles : pas de voisin de table volubile content de ses exploits sportifs. Les chambres sont à double toit, avec air conditionné, lit confortable, télévision, douche et toilettes privées, eau courante chaude et froide. Les décors intérieurs des chambres s'inspirent des décorations murales des maisons de Oualata. Le mobilier est de style artisanal maure. Le méchoui est servi tous les jours. De grands buffets de spécialités locales sont mis en place. Je vous conseille la salade de dattes sauce Oualata et le couscous royal. L'eau minérale et le thé à la menthe sont servis à discrétion. Vous pouvez vous attarder sur les magnifiques dunes près de l'hôtel et lézarder sur le sable doré et chaud en attendant le coucher du soleil qui vous comblera, surtout lorsque vous avez la chance d'ignorer le poème de l'abbé de Najrâne :

منع البقاءَ تقلبُ الشمس
وطلوعُها من حيث لا تمسي
وطلوعها حمراء صافيةٌ
وغروبُها صفراء كالورْسِ
اليوم أعلمُ ما يجيء بهَ
ومضى بفصل قضائه أمسِ

Les variations du soleil empêchent d'accéder à l'éternité
Quand il se lève de là où il ne s'est pas couché
Rouge feu au lever
Jaune comme la mémécyle au coucher
Je saurai ce qu'aujourd'hui apportera
Et hier a emporté avec lui son décret.

» Demain, nous partirons en excursion vers l'oasis de Terjit à environ 46 kilomètres au sud d'Atar. M'Bouja, donne-nous des images de Terjit. Le site est magnifique, il se niche à

l'ombre d'une faille dans un profond canyon. C'est un havre de tranquillité, un véritable paradis en plein désert, dominé par de splendides falaises. L'humidité et la verdure sont entretenues par une source fraîche qui s'écoule en permanence de la roche ; l'eau tombe goutte à goutte d'une haute paroi abrupte garnie de mousse et de fougères. À Terjit vous vivrez une expérience inoubliable, nous dresserons nos *khaïmas* au milieu des palmiers, des gazouillis et du chant de l'eau, et vous verrez alors dans quelle plénitude paisible vous serez ! Mais nous sommes arrivés !
Je laissai les touristes descendre avant moi. La douce nuit étoilée semblait s'installer pour de bon.

Ce matin, c'est le branle-bas du départ pour Chinguitti. L'excitation régnait partout. Les vendeurs de souvenirs étaient à leur poste. On chargeait les bagages. Les bagagistes, poussant les chariots, se bousculaient devant les soutes. Dans la réception, les touristes allaient et venaient ou conversaient par petits groupes. Je rejoignis un petit groupe près du comptoir. Les souvenirs de l'excursion d'hier dominaient la conversation :

— ... les habitants de Terjit assistaient à la course, même les vendeurs de souvenirs avaient déserté leurs postes. Les femmes du village encourageaient les concurrents par leurs youyous...

— Quel plaisir de se baigner ! J'ai bien aimé la piscine naturelle. Elle était peu profonde, mais rafraichissante.

— Terjit laisse des souvenirs inoubliables ! J'ai quitté l'oasis la tête et le cœur pleins de souvenirs, avec une immense envie de revenir !

— ... j'avais dit à l'équipe de l'Agence que je voulais explorer le village, ils m'ont fait accompagner par un agent...

Les touristes avaient maintenant embarqué. Je vérifiais une dernière fois qu'on n'avait oublié personne. Puis le car démarra, direction Chinguitti. Et je repris mon micro :

— Bonjour ! J'espère que le séjour à Atar a été agréable. Aujourd'hui nous partons à la découverte de Chinguitti, la plus célèbre des villes anciennes de Mauritanie, à environ 85 kilomètres à l'est d'Atar. M'Bouja, tu peux lancer la vidéo. L'imposante masse violacée du massif de l'Adrar qui traverse la Mauritanie, entre les déserts de la Majabat El Koubra et de l'Aouker, abrite quatre joyaux : Chinguitti et Ouadane, dans le nord, Tichitt et Oualata, dans le sud-est. Figées dans un univers minéral, ces vieilles cités, établies aux XIIe et XIIIe siècles et jadis si prospères, survivent aujourd'hui avec beaucoup de difficultés, dans un contexte hostile. Mais bien qu'agonisantes, elles en disent long sur l'histoire de cette région, dont le sort était étroitement lié à la nappe phréatique et aux tracés des routes commerciales entre le Maghreb, le Sahel et le monde noir. Autrefois riches centres commerciaux et intellectuels, les ksour mauritaniens luttent aujourd'hui contre les assauts du sable, du vent et de l'oubli. Situés sur les grands axes caravaniers, ces ksour ("places fortes" en arabe), dont Chinguitti fut sans doute le plus célèbre, s'étaient transformés au cours des siècles en véritables mégalopoles du commerce transsaharien, particulièrement celui de l'or et du sel. Sidi Abdullah Ould al Hadj Brahim, un historien de la ville mentionne qu'"un jour, une caravane de 32 000 chameaux quitta Chinguetti chargée de sel : 20 000 appartenaient à ses habitants et 12 000 aux gens de Tichit. Toute la caravane fut vendue à Zar et les gens se demandaient laquelle des deux villes étaient la plus prospère ".

» Subissant les méfaits du climat saharien, voire sahélien dans le sud, victimes depuis des décennies d'une sécheresse dramatique, les villes anciennes refusent néanmoins de s'engourdir. Leur génie créateur anime encore la culture mauritanienne. Les motifs des décors muraux de Oualata sont repris dans les dessins au henné que l'on trace encore aujourd'hui sur les mains et les pieds des Mauritaniennes, de même que dans la bijouterie, l'artisanat du bois et du cuir, les broderies des vêtements masculins, la teinture des voiles des femmes, le tissage des tapis traditionnels et même sur les billets de la monnaie nationale, l'ouguiya. Les mélodies de Vala, célèbre musicienne de Chinguitti, devenue une figure emblématique de notre musique, sont encore jouées au *tidinit*, le luth maure. D'autres airs traditionnels, comme l'*Awdid*, qui met en musique le chargement de la caravane de Tichitt, immortalisent les différents aspects de la vie des ksour du temps de leur splendeur. Ainsi la tradition séculaire se perpétue, à l'image de ces balanciers qui puisent encore l'eau des vieux puits sous les palmiers et continuent, nonchalants, à se prosterner à travers les siècles.

» Autrefois, la Mauritanie se nommait *Bilad Chinguitt* (le pays de Chinguitti). Fondée à la fin du XIIIe siècle, Chinguitti, littéralement "la source des chevaux" en Azer, l'ancienne langue parlée ici, fut un important centre du commerce caravanier entre l'Afrique du Nord et l'Afrique noire, et surtout la plus grande métropole culturelle de la région depuis le début du XVIe siècle ; elle abritait des universités islamiques et était un grand carrefour du commerce transsaharien. Du temps de sa gloire elle comptait 12 mosquées pouvant accueillir chacune jusqu'à 1.000 hommes et parfois 20.000 chameaux pouvaient y transiter en une seule journée. La cité était devenue la 7ème ville sainte de l'islam. Elle doit ce titre notamment à son ancienneté (bâtie en 1264 à la suite d'un ancien village, Abbère, la ville originelle à 3 kilomètres de

Chinguitti, qui remonte à 777) et à l'abondance des livres religieux conservés dans ses bibliothèques : la cité était connue sous le nom de "ville des bibliothèques." Pendant longtemps, elle servait de point de départ pour se rendre au pèlerinage de La Mecque. Les pèlerins venaient à Chinguitti de tout l'ouest africain (Mauritanie, Sahara et Soudan- Occidental), tous s'y regroupaient pour partir en caravane. La caravane annuelle en direction de La Mecque contait parfois plus de 30000 chameaux. Aujourd'hui, le sable envahit lentement les cours des maisons abandonnées, à tel point que le sol des anciennes pièces d'habitation, croulant sous les pierres des murs effondrés, se trouve actuellement à plus de deux mètres au-dessous du niveau de la rue. Mais cette cité reste "l'âme du pays" et elle est moins dépeuplée que les autres. Sa célèbre mosquée, qui fut longtemps le symbole national du *Bilad Chinguitt*, y dresse encore son minaret carré, défiant le temps.

» La ville de Chinguitti est réputée pour ses collections de manuscrits anciens, conservés dans des bibliothèques qui appartiennent à de grandes familles qui se les transmettent de père en fils suivant le droit coutumier. Ma famille fait partie des dix lignées qui possèdent des fonds de manuscrits. Notre collection est la plus riche, elle comprend des centaines de manuscrits anciens traitant de sciences religieuses, d'astronomie, de médecine, de poésie, de musique, de littérature, de généalogie, de mathématiques… Mais il est temps que je vous laisse un répit pour vous permettre de mener la bataille de votre jeu addictif préféré ; peut-être que certains entretemps réussiront à atteindre le dernier carré de Candy Crush VS "2048", à écouter les meilleurs morceaux de leur playlist préférée ou n'importe quelle autre douce mélodie pour accompagner leurs minutes d'ennui !
Un passager quitta son siège et vint vers moi.

— Bonjour, je suis Michel. Vous avez bien dit qu'il y a des manuscrits qui traitent de la musique dans les bibliothèques familiales de Chinguitti ?

— Oui, j'en ai entendu parler.

— J'écris un livre sur la musique maure. Je m'intéresse surtout à l'histoire de cette musique. Est-il vrai qu'elle est née à Chinguitti ? Et quel a été l'apport de la musique andalouse dans sa genèse ? Je cherche aussi des références sur Vala, y a-t-il dans la bibliothèque de votre famille des manuscrits qui traitent de ces sujets ?

— Je vais chercher si je trouve quelque chose.

La route serpentait maintenant entre des canyons abrupts et ocre. Le vent de sable s'était levé, mais restait encore assez modéré. Je portai mon regard sur le rétroviseur central. Chacun avait sa stratégie pour s'occuper pendant les longues minutes du trajet. Simone était plongée dans son livre et la mante feuilletait un magazine. Le vieillard à la Monod avait quitté son siège et conversait avec M'Bouja. À la passe d'Amoghjar, je repris mon micro :

— Maintenant, nous traversons la fabuleuse passe d'Amoghjar, où fut tournée une partie du film *Fort Saganne*, avec Gérard Depardieu et Sophie Marceau. Les vestiges du fort construit pour les besoins du film sont encore visibles du haut de la passe. Regardez le trait jaune épais à l'horizon : c'est l'erg Ouarane devant lequel est blotti Chinguitti.

À Chinguitti, je confiai les touristes à M'Bouja et emmenai Michel visiter notre bibliothèque.

— Papa, je te présente Michel. Il écrit un livre sur notre musique. Il demande si nous avons dans la bibliothèque des manuscrits qui traitent de ce sujet.

— Pas à ma connaissance. Mais il y a dans la pièce du fond une malle pleine de manuscrits non traités. »

Je dis à Michel de retourner à l'hôtel et de me donner le temps de chercher dans la malle. Après son départ, mon père me dit :

— Cette malle est là depuis longtemps, mais je n'ai jamais osé l'ouvrir. Grand-père m'a toujours dit qu'elle contient un objet maléfique qu'un extraterrestre a laissé en cadeau après une visite à la bibliothèque.

— Un extraterrestre à Chinguitti ! Et qui visite notre bibliothèque ! Quelle histoire, papa !

Il me conduisit à travers les corridors poussiéreux de la bibliothèque, jusqu'à la pièce du fond, une petite pièce sombre. En y pénétrant, j'eus l'impression d'entrer dans une porte temporelle. Il me montra la malle en disant :

— Invoque le nom d'Allah et ouvre-la, peut-être y trouveras-tu quelque chose !

J'ouvris la malle et fus asphyxié par un nuage de poussière. J'avais complètement oublié la requête de Michel et je n'avais plus qu'une seule envie, découvrir le cadeau laissé par l'extraterrestre ! La malle était pleine de manuscrits. Je les retirais en prenant rapidement connaissance des sujets. Le premier, fortement endommagé par l'eau, traitait de logique. Le second avait pour sujet les sciences du Coran et il y manquait la première page. Le troisième qui traitait de poésie était abimé par les termites… Je pus retirer ainsi une trentaine de manuscrits, tous en mauvais état, avant de tomber sur le cadeau de l'extraterrestre, un bracelet manchette en métal brillant, large d'environ quinze centimètres, avec un couvercle transparent renfermant un mécanisme complexe entouré par des tubes en spirale et comprenant une aiguille fixe. Certaines parties du mécanisme étaient en or, d'autres en une substance cristalline et transparente. Une image de vaisseau spatial était gravée dans le couvercle. Des symboles inconnus étaient incrustés sur tout le pourtour. Je glissai l'artefact dans une poche intérieure, décidé à cacher à mon père la découverte de l'"objet maléfique" et continuai l'exploration du contenu de la malle. Parmi les manuscrits déballés, un seul traitait de la musique. J'eus l'occasion de parcourir le manuscrit en le microfilmant. J'y trouvais de précieuses informations sur la vie musicale à Chinguitti pendant le 14e siècle. À cette époque, la scène musicale était dominée par Vala, une princesse musicienne d'un très grand talent et d'une extrême beauté. Elle chantait très bien et jouait admirablement du luth. On lui attribue un grand nombre de compositions musicales du plus grand mérite ; elle aurait composé jusqu'à 300 morceaux de chant. Le manuscrit en faisait même le portrait physique : "Adolescente svelte et élancée, aux seins droits et glorieux, aux paupières brunes, aux yeux de nuit, aux joues pleines et lisses, au menton fin et souriant et ombré légèrement d'une fossette, aux hanches riches et solides, à la taille mince d'abeille et à la croupe lourde et souveraine."

Le soir, en rentrant à la maison, je téléphonai à Simone, qui était ufologue, pour lui montrer l'artefact.

— C'est extraordinaire ! Comment tu l'as trouvé ?

— C'était dans une malle dans notre bibliothèque. Elle était là depuis longtemps, mais personne n'a jamais osé l'ouvrir. Grand-père disait qu'elle contenait un objet maléfique qu'un extraterrestre avait laissé en cadeau après une visite à la bibliothèque.

— Asseyons de communiquer avec…

— Mais c'est insensé ! Comment communiquer avec un objet ?

— Ce n'est pas un objet, je crois plutôt que c'est une intelligence artificielle d'un autre monde ! Les dispositifs mécaniques semblent très avancés ! À en juger par l'image du vaisseau spatial gravée sur le couvercle, ce serait un dispositif de navigation interstellaire, ou une machine à voyager dans le temps…

— Pourvu que ce soit vrai ! Je pourrai alors l'utiliser pour voyager dans le passé et rencontrer Vala…

— Vala ?

— Oui Vala, la princesse musicienne de Chinguitti. Elle a vécu au 14e siècle.

Le lendemain, je constatai un changement dans l'artefact : une lumière bleue parcourait les tubes et l'aiguille tournait rapidement sur son axe. Je le pris pour regarder de plus près. Alors il se mit à communiquer avec moi, par télépathie !

« Je suis une clé de passage qui peut t'ouvrir des portes spatiotemporelles permettant d'aller aussi bien dans le passé que dans le futur. Pour m'activer, il suffit de me mettre autour de ton poignet. »

J'étais pétrifié. J'étais tellement abasourdi que j'ai dû m'asseoir et prendre ma tête dans mes deux mains. Ma bouche restait grande ouverte. Je restais un long moment sans bouger. Puis je balbutiai ces quelques mots : "C'est pas croyable ! C'est du total délire ! " Et d'un geste somnambulique, je glissai ma main dans le bracelet que je sentis se refermer sur mon poignet. Je sus alors que désormais rien ne sera plus jamais comme avant.

« Maintenant nous sommes connectés, je connais désormais tes désirs les plus secrets. Je vais t'ouvrir une porte temporelle qui conduit à l'époque de Vala. Le voyage sera instantané. »

« Mais peut-on encore faire revivre ce passé ? »

« Le passé n'est pas passé, il est présent dans une autre dimension cachée. »

Un nuage en rotation, qui ressemblait à une sphère d'énergie en expansion, traversa le mur, m'aspira dans son tourbillon et tout sombra dans le noir.

À mon réveil, j'étais dans une palmeraie à côté d'une rigole où coulait une eau limpide. L'endroit était agréable. Après m'être lavé la figure à l'eau fraiche de la rigole, je décidai de me reposer un moment avant de poursuivre mon chemin. Je m'allongeais à l'ombre d'un palmier, bercé par la brise douce, et ne tardai pas à m'assoupir. Je fus réveillé par mon bracelet :

« Fais gaffe ! La Patrouille du temps va bientôt débarquer. »

« C'est quoi la patrouille du temps ? »

« C'est une force qui veille à ce qu'aucun voyageur temporel mal intentionné n'aille perturber le passé. »

J'entendis des sifflets stridents et je vis des personnes en uniforme courir vers moi.

— Hep ! Police temporelle, vos papiers et que ça saute !

— Je suis Chams Eddine de Chinguitti, accompagnateur touristique ! Dis-je en fouillant fébrilement dans mes poches pour chercher mon passeport.

— Allez, plus vite que ça !

— Je ne trouve pas mon passeport… J'ai dû l'oublier dans la précipitation du départ…

— Embarquez-le ! C'est un voyageur temporel mal intentionné qui vient perturber le passé !

— Conduisons-le devant Malik L'Inflexible !

Je fus menotté et comparus devant Malik.

— Chef, nous avons arrêté ce voyageur temporel, il est en possession d'une clé de passage, une machine à voyager dans le temps permettant d'aller aussi bien dans le passé que dans le futur. Il cherche peut-être à assassiner l'un de ses ancêtres, à moins qu'il ne soit un de ces fanatiques et autres illuminés avides de réécrire l'Histoire !

J'essayai de protester de ma bonne foi :

— Je jure que je ne cherche à tuer personne ! Je veux seulement admirer Vala et me délecter de sa musique !

— Mettez-le en quarantaine sanitaire et appliquez-lui immédiatement un scaphandre sur le corps !

— Mais je n'ai pas de maladie contagieuse !

— C'est une mesure écologique : c'est pour éviter la dispersion des organismes exotiques qui peut conduire à une invasion. Quand il sera décontaminé, faites-lui signer un engagement sur l'honneur comme quoi il n'altérera pas le passé, puis libérez-le et accordez-lui un visa de trois heures.

— Trois heures ! Cela ne suffira même pas pour localiser l'adresse de Vala !

— Votre clé de passage la connait déjà, l'oasis où vous étiez fait partie du jardin de son propriétaire...

— Vala est une princesse, comment peut-elle être la propriété de quelqu'un ?

— Vala n'est pas une princesse, c'est une esclave qui appartient au prince de Chinguitti.

— Comment le sais-tu ?

— Je suis le gardien du jardin du prince dans lequel tu as atterri. C'est sous cette façade officielle que je me cache en tant qu'officier de la Patrouille du temps.

— Tu connais donc Vala ?

— Bien sûr que je la connais. Elle vient souvent se promener dans le jardin...

— Peux-tu lui parler de moi ?

— Oui ! Quand tu seras décontaminé, on te ramènera dans le jardin et j'irai la trouver pour lui dire qu'un de ses fans est venu du 21e siècle pour la voir et l'entendre jouer.

— Malik, je serai toujours ton obligé !

À l'issue de ma quarantaine, je fus téléporté dans le jardin du prince, avec un visa de séjour au 14e siècle d'une durée ne dépassant pas trois heures. Je trouvai Malik L'Inflexible qui m'attendait. Il était méconnaissable dans son déguisement de gardien du jardin du prince. Il vint à ma rencontre. Il avait effacé de son visage toute trace de l'impassibilité de l'officier de police temporelle :

— Bienvenue dans le 14e siècle ! Je suis Ibrahim, le gardien du jardin du prince. J'ai prévenu Vala de ton arrivée, elle est déjà en route pour venir ici. Elle est impatiente de faire ta connaissance. Je vais cueillir pour vous des dattes fraiches, en attendant son arrivée.

J'étais désarmé par la chaleur de son accueil. Vala ne tarda pas arriver. L'auteur du manuscrit sur la musique n'avait pas su rendre toute sa beauté. C'était une adolescente blanche d'une élégante et délicieuse tournure : une taille svelte, et des roses comme joues, et des seins bien assis, et quel derrière ! Elle me regardait d'un air ahuri.

— C'est vrai ce que dit Ibrahim ? Tu viens réellement du futur ?

— J'ai fait un si long voyage dans le passé rien que pour t'admirer, t'entendre pincer les cordes d'harmonie et me délecter de ta musique !

— Je suis vraiment touchée ! Mais, par Allah, comment pincer les cordes d'harmonie si je n'ai point d'instrument à cordes ?

À ces paroles, Ibrahim dit :

— Il y a dans la serre le luth dont tu joues quand le prince donne une fête dans le jardin.

Il s'absenta quelques instants et revint bientôt avec le luth. Vala prit l'instrument, le tenant d'une main et, de l'autre, elle se mit à accorder savamment les cordes. Après quelques préludes très lointains et très doux, elle pinça les cordes qui vibrèrent de toute leur âme, à rendre liquide le fer, à réveiller le mort et à toucher le cœur de la roche et de l'acier. Puis soudain s'accompagnant, elle chanta :

قُولْ الْفَالَه مَعْمُولْ اعْلِيَه ☆لَخُبِيطْ إلَ عَادَتْ تَبْغِيَه

اخُبِيطْ الوَاقِف مَخْبَرْ فِيَه ☆أَمَخْبَرْ فَخُبِيطْ الرَّمْقَانِ

أُنَعْرَفْ زَادْ الشُّورْ الَّ فِيَه ☆اخُنِيفْ الْمُهْرْ الفَوْقَانِ

Ayant chanté, elle continua à faire vibrer l'harmonieux luth et je me dis : « Ô le ravissement de cette voix ! Par Allah ! De ma vie je n'ai jamais entendu une voix aussi merveilleuse et ravissante ! » Vala chanta d'une voix si merveilleuse que je fus au comble de la jouissance, et ma passion m'emporta si fort que je ne pus plus retenir l'enthousiasme de mon âme et je me mis à crier des "Hah ! Hah ! Hah !" gutturaux et des "Eski ! Eski ! Eski !"… J'en perdis la notion du temps et la durée du visa s'écoula. Je ne m'en rendis compte que lorsque la clé de passage m'annonça l'ouverture imminente du vortex du retour. Le nuage enroulé en spirale apparut brusquement à côté de moi et m'entraîna dans sa sphère tourbillonnaire. Vala tendit les bras, cherchant à me retenir ; je m'efforçais de lui prendre la main pour l'entrainer avec moi, mais je ne parvins à saisir que l'air inconsistant.

FIN

www.ingramcontent.com/pod-product-compliance
Lightning Source LLC
Chambersburg PA
CBHW071154260626
47162CB00003B/1043